THE QUEEN OF CRIME
繁體中文版
20週年
紀念珍藏

殺人不難

著——阿嘉莎・克莉絲蒂

譯——樊志新

Murder Is Easy

通俗是一種功力

吳念真（導演、作家）

通俗是一種功力。絕對自覺的通俗更是一種絕對的功力。

這樣的話從我這種俗氣的人的嘴巴說出來，大概很多人要笑破褲底了。不過，笑完之後請容我稍稍申訴。這申訴說得或許會比較長一點，以及，通俗一點。

小時候身材很爛，各種遊戲競爭完全任人宰割，唯一隱遁逃避的方法是躲起來看書或聽大人瞎掰。那年頭窮鄉僻壤的小孩能看的書不多，小學二年級時最喜歡的是超大本的《文壇》，老師借的。看著看著，某天老師發現我的造句竟出現：「捧著：朝陽捧著一臉笑顏為群山剪綵」這樣亂七八糟的文字，就拒絕再讓我看那些超齡的東西了。

老師的書不給看，我開始抓大人的書看。一種是厚得跟磚塊一樣的日文書，對我來說那完全是天書，但插圖好看，經常有限制級的素描。另一種書是比較薄的，通常藏得很嚴密，只是裡面有太多專有名詞、重複的單字和毫無限制的標點，比如「啊啊啊」、「……！！！」

老讓我百思不解。有一天，充滿求知欲地詢問大人竟然換來一巴掌後，那種閱讀的機會和樂趣也隨著消失了。

所幸這些閱讀的失落感，很快從大人的龍門陣中重新得到養分。講到這裡，我似乎先得跟一個村中長輩游條春先生致敬，並願他在天之靈安息。

我所成長的礦區，幾乎全是為著黃金而從四面八方擁至的冒險型人物，每人幾乎都有一段異於常人的傳奇故事。這些故事當事人說來未必精采，但一透過游條春先生的嘴巴重現，有時連當事人都聽得忘我，甚至涕泗縱橫，彷彿聽的是別人的故事。

條春伯沒當過日本兵，可是他可以綜合一堆台籍日本兵的遭遇，一如連續劇般從入伍、受訓、逃亡荒島，面對同鄉同袍的死亡，並取下他們的骨骸寄望帶回故鄉，乃至骨骸過多搞不清哪是誰的等等，讓聽的人完全隨他的敘述或悲或笑，彷彿跟他一起打了一場太平洋戰爭。此外他也可以把新聞事件說得讓一個三、四年級的小孩，到現在仍記得當時腦中被觸動的畫面。例如當年瑠公圳分屍案的兇手做案之後帶著小孩到安東街吃麵（這讓我一直以為台北的安東街是條專門賣麵的街道），還有甘迺迪總統被暗殺、賈桂琳抱住她先生、安全人員跳上飛快的車子保護賈桂琳……當然，這記憶全來自條春伯的嘴巴而不是報紙。我的記憶全是畫面，有畫面，是因為條春伯說得精采，說得有如親臨他至死都還搞不清地理位置的達拉斯命案現場。

於是這小孩長大後無條件地相信：通俗是一種功力，絕對自覺的通俗更是一種絕對的功力。透過那樣自覺的通俗傳播，即使連大字都不識一個的人，都能得到和高階閱讀者一樣的感動、快樂、共鳴，和所謂的知識、文化自然順暢的接軌。也許就是因為這些活生生的例子，俗氣的自己始終相信：講理念容易講故事難，講人人皆懂、皆能入迷的故事更難，而能隨時把這樣的故事講個不停的人，絕對值得立碑立傳。

條春伯嚴格地說是有自覺的轉述者，至於創作者，我的心目中有兩個。一個是日本導演山田洋次，一個是推理小說家阿嘉莎．克莉絲蒂。

山田洋次創造了寅次郎這個集合所有男人優點跟缺點的角色，在以《男人真命苦》為名的系列下，總共完成百部左右的電影。它們的敘述風格、開頭、結尾的方法不變，唯一改變的是故事，是時代，是遍歷日本小鄉小鎮的場景。數十年來，看《男人真命苦》幾已成為日本人每年的一種儀式，一如新春的神社參拜。

數十年前訪問過山田導演，他說，當他發現電影已然有它被期待的性格時，電影已經不是導演自己的。他說：當所有人都感動於美人魚的歌聲時，你願意為了讓她擁有跟你一樣的腳，而讓她失去人間少有的嗓音嗎？

人間少有的嗓音與動人的歌聲，都來自山田導演絕對自覺的通俗創造。

再如阿嘉莎．克莉絲蒂，如果我們光拿出她說過的故事和聽過她故事的人口數字，就足以嚇死你。五十多年的寫作生涯，她總共寫出六十六本長篇推理小說，外加一百多篇短篇小說和劇本。其中有二十六本推理小說被改編，拍了四十多部電影和電視劇集。作品被翻譯成一百零三種文字的版本，銷量超過二十億本。

夠了。你還想知道什麼？知道二十億本的意義是什麼嗎？二十億本的意義是全世界平均三個人就有一個人讀過她的書，聽過她說的故事。

說來巧合，她和山田洋次一樣，創造出個性鮮明的固定主角（當然，前前後後她弄出來好幾個），然後由他（或是她）帶引我們走進一個犯罪現場，追尋真正的罪犯。

故事就這樣？沒錯，應該說這是通常的架構。那你要我看什麼？不急，真的不急，克莉絲蒂會慢慢冒出一堆足夠讓你疑惑、驚嚇、意外，甚至滿足你的想像力、考驗你的耐心和智商的事件來。

推理小說不都是這樣嗎？你說得沒錯，大部分是這樣，不一樣的是……對了，她像條春伯，像山田洋次，她真會說，而且她用文字說。

文字的敘述可以讓全世界幾代的人「聽」得過癮、「聽」個不停，除了聖經，也許就是克莉絲蒂。她不是神，但她真的夠神。

數十年前，台灣剛剛出現她的推理系列中譯本，那時是我結婚前，常有同齡的文藝青年來我租住的地方借宿，瞄到我在看克莉絲蒂，表情詭異地說：「啊？你在看三毛促銷的這個喔？」

我只記得他抓了一本進廁所，清晨四點多，他敲開我的房門說：「幹，我實在很討厭那個白羅……再拿一本來看看，我跟你說真的，要不是你的書，我真的很想把那個矮儸壓到馬桶吃屎！」

我知道他毀了，愛吃又假客氣，撐著尊嚴騙自己。克莉絲蒂再度優雅地撕破一個高貴的知識份子的假面具，她的手法簡單，那手法叫通俗，絕對自覺的通俗，無與倫比、無法招架的功力。

昔日的文藝青年如今跟我一樣，已然老去，但不時還會看到他寫一些充滿理念和使命感極重的文章，在報紙和雜誌上出現。我知道他要說什麼，只是常常疑惑他想跟誰說；同樣，我記得他說過什麼，但轉眼間忘記他說了什麼。但請原諒我，幾十年前那個晚上，他在我家看完的那兩本克莉絲蒂的小說內容，我可還記得清清楚楚。

也許有一天再遇到他的時候，我會問他之後是否還看過克莉絲蒂其他的書，如果沒有，我會跟他說，想讀要趁早，因為你會老、會來不及。至於白羅那個矮儸，大概永遠不會消失。哦，對了，還有一個叫瑪波，你說不定會來不及認識……

歡快氣氛下的解謎樂

龍貓大王通信

一九八〇年代，美國電視觀眾最喜歡的作品類型之一，是看俊男美女在電視上「床頭吵床尾和」。一九八二年，浪漫推理劇《龍鳳妙探》（*Remington Steele*）大受歡迎，男主角皮爾斯·布洛斯南（Pierce Brendan Brosnan）高大帥氣，女主角史蒂芬妮·齊姆帕勒（Stephanie Zimbalist）嬌小可愛，他們之間不但有最萌身高差，還有最凶的吵架音量，你一嘴我一嘴地互嘴鬥臭，其實偷渡的是勢均力敵的甜蜜情意。一九八六年的《雙面嬌娃》（*Moonlighting*）吵得更凶，布魯斯·威利（Bruce Willis）與西碧兒·雪柏（Cybill Shepherd）這對歡喜冤家從鏡頭前吵到鏡頭外，但觀眾只認識鏡頭前流氓與淑女的美味關係，而這已經足夠讓布魯斯·威利的星運一飛沖天。

情侶神探的公式不只讓八〇年代的觀眾買單，其實早在二〇年代就被證明很有賣點。謀殺天后阿嘉莎·克莉絲蒂的經典中，恰巧就包括一對龍鳳妙探的系列作品，他們是克莉絲蒂創作的蛋頭神探與阿嬤神探之外的唯一一組情侶神探：湯米與陶品絲。

這對情侶在一九二二年出版的《隱身魔鬼》首度登場；一九二九年出版的短篇集《鴛鴦神探》裡已經結為夫妻；一九四一年的《密碼》裡勇破二戰諜網；一九六八年已步入老年的貝里福夫妻，繼續在《顫刺的預兆》裡偵查老人療養院的死亡祕辛；最終在一九七三年的《死亡暗道》裡，老先生、老太太已經決定退休，還買了一棟退休房……聽起來他們似乎沒有繼續關心凶手與謎案的必要了，對吧？怎麼可能，陶品絲搬進新家整理環境時，在前屋主留下的書中，竟然找到一段塵封已久的祕密訊息：「瑪麗喬丹並非自然死亡，凶手是我們其中的一個。」

有誰只是整理書櫃也會突然變身偵探？湯米與陶品絲就會，這多少能證明，克莉絲蒂在這對鴛鴦神探身上放進不少玩心。也許是她為湯米與陶品絲設計的浪漫關係，令克莉絲蒂為他們而寫的故事也格外輕巧俏皮。別誤會，湯米與陶品絲出場的處女秀《隱身魔鬼》有國際陰謀、有失竊的機密文件、有神祕又奸詐的犯罪首腦「布朗先生」（這下你就懂書名《隱身魔鬼》是在說誰了）。這看來是一部暗潮洶湧的諜報小說，而確實湯米與陶品絲也穩穩地踩中大部分的可怕陷阱，但克莉絲蒂將這對男女寫得實在太過可愛……你潛意識裡早就知道，他們絕對要邊吵架邊談情地（順便推理）百年好合，不會在這個險境裡就GG（完結）。

湯米與陶品絲的情誼首先是建立在「好哥兒們」的友情之上，從《隱身魔鬼》的開場就看得出來：

「湯米，你這個老東西！」

「陶品絲，老朋友！」

兩個年輕人熱情地相互問候……那兩個「老」字頗易讓人誤解，其實兩人年齡加起來絕不超過四十五歲。

二〇年代已經不是封建時代，但男女之間還是有別。而湯米與陶品絲之間的情誼，能夠打破這種隔閡，他們首先是鐵打的好友，彼此在軍醫院認識，因此他們之間有太多戰場回憶可以閒聊，也深知對方的個性與偏好，更重要的是，他們都是一窮二白。這對日後的鴛鴦神探久別重逢，既不談情也不破案，而是討論如何賺錢。克莉絲蒂可不會那麼輕易就灑糖，但從湯米與陶品絲彼此互補的性格設定，你很快就會了解這段友情遲早要昇華成戀情。

你可以懷疑，金庸筆下的郭靖、黃蓉這對射鵰俠侶設定，是不是抄襲自湯米與陶品絲。因為郭靖和湯米一樣，是個有點遲鈍的傻大個——湯米的傻可不是我說的，是克莉絲蒂這樣寫：「湯米不太聰明……但他的慧眼絕對能一眼看穿真偽。」不只如此，克莉絲蒂還形容他「有張（看得過去）的醜臉」。到底什麼樣的長相是「醜但看得過去」？克莉絲蒂只說這種長相是「很難歸類」，而且是「綜合紳士與運動員的臉孔」。這種先踹後捧的寫法我是不會買單的，湯米擺明就是個不會被稱為男神的樸拙男性。

而陶品絲與湯米完全相反，下面這段克莉絲蒂的形容，會不會讓你腦中浮現一個二〇年代的黃蓉模樣？

陶品絲稱不上漂亮，可是那張小臉蛋上有著精靈般的線條、堅毅的下巴，還有一雙隔得很開、從平直的黑眉毛下望去迷迷濛濛的灰色大眼，在在表現出個性和魅力……她的外表散發著一股敢作敢為、精明能幹的味道。

「精靈般」、「個性魅力」、「敢作敢為精明能幹」，這是一位充滿行動力又特立獨行的女性，剛好補足了湯米謹慎緩行的保守個性。當久違重逢的湯米與陶品絲一起討論該如何賺錢，他們在排除繼承遺產（沒有任何親戚有遺產）與為錢結婚（兩人的異性緣都少得可憐）兩個途徑後，決定還是親力親為白手起家。但是誰先提出一起合夥開公司的點子呢？當然是即知即行的陶品絲！他們決定開一家「青年冒險家企業」，名稱響噹噹，事實上，他們開的是《銀魂》裡的「萬事屋」生意：有錢，什麼活我們都幹。

這種歡快的氣氛，引領湯米與陶品絲穿梭一個又一個謎團，大到《密碼》裡追捕兩名納粹間諜，小到《顫刺的預兆》裡的養老院祕密。即便他們沒有在解謎，光是看湯米與陶品絲鬥嘴聊天就很有趣，而這是有別於白羅系列或瑪波小姐系列的獨特樂趣。

這種創作上的玩心有時不是那麼容易發現，例如在《鴛鴦神探》這本短篇小說集裡，每個小短篇不但都是貝里福夫妻的探險歷程，同時也是克莉絲蒂的諧仿之作——每一篇內容都隱射推理黃金年代的名作家或名角色。例如〈女士失蹤了〉致敬了福爾摩斯的〈法蘭西斯．卡法克小姐的失蹤〉（*The Disappearance of Lady Frances Carfax*）；〈霧中人〉則諧仿了史上最厲害的「神父偵探」布朗神父……克莉絲蒂甚至諧仿自己，在《鴛鴦神探》的最後一個故事〈代號十六的人〉裡，湯米自稱是「沒長鬍鬚但智力過人」的白羅！

湯米與陶品絲系列的五本小說，自《隱身魔鬼》到最後的《死亡暗道》，克莉絲蒂創作的時間橫跨五十年，我們可以看著貝里福夫妻逐漸變老。福爾摩斯也會老，白羅也會老到糊塗，但是湯米與陶品絲卻老得很愉快。他們始終愉快，不管是年輕或蒼老，這讓閱讀五本湯米與陶品絲系列的體驗，宛如身處春風之中一樣愉快，值得推薦給長期與雨劍風刀相伴的推理粉絲。

當然，除了湯米與陶品絲系列之外，克莉絲蒂還有不少經典：《一個都不留》自然不用多提；《無辜者的試煉》是我個人特別喜愛的一本小說，我在遠流的App「謀殺天后密室」裡的「密室之聲」Podcast第十六集裡，談過這本講述家庭內情勒暴力的小說；此外還有曾與白羅合作過的雷斯上校探案《褐衣男子》與《魂縈舊恨》，以及性格沒那麼出彩的穩重蘇格蘭警場刑事主任巴鬥，他的幾本小說包括《煙囪的祕密》、《七鐘面》、《殺人不難》與《本末倒置》也包含在內，特別值得一提的是，《本末倒置》是克莉絲蒂本人最喜歡的十部作品之一。而《謎樣的鬼豔先生》中的哈利．鬼豔，是唯一獲得克莉絲蒂獻詞的偵探。

獻詞

阿嘉莎．克莉絲蒂是世界讀者最眾，也最廣受喜愛的女作家。
身為克莉絲蒂的孫兒，我相信奶奶會非常樂見這次出版，
因為她極以自己作品中的趣味與娛樂為豪。
歡迎所有喜歡本系列的台灣新讀者參與這場饗宴！

——馬修．培察（Mathew Prichard）

01 旅伴

英格蘭！

久違了，英格蘭！

他會喜歡這裡嗎？

當陸加．菲茨威廉從跳板走向碼頭時，不禁自問是否會喜歡英格蘭。在海關等候入境時，這個問題還潛藏在他的腦海深處，當他終於坐上接駁火車時，它卻又突然冒了出來。

假如回英格蘭去度假，那又是另外一回事了，你可以大把大把花錢（帶著先花了再說的心情），拜訪朋友，或與其他回來度假的人們聚會。在這麼一種無憂無慮的氛圍中，你會覺得：「反正不是長住，何妨盡情享受一番，更何況不久就要回去了。」

然而眼前的問題是，回去是不可能了。再也不用忍受悶熱的夜晚和炫目的太陽，再也無法欣賞到熱帶植物蓬勃生長的美景，也不用再翻來覆去讀著過期的《泰晤士報》來打發孤獨的夜晚。

如今他領著退休金光榮退休了，加上他自己的一點積蓄，也算得上是個有錢有閒的紳士衣錦還鄉。將來他打算做什麼呢？

先看看英格蘭。六月的英格蘭，天空灰濛濛的，寒風刺骨。在這樣的天氣裡，一切都是那麼令人不快。再看看這裡的人。天啊，這些人！成群結隊的人們，臉色陰沉、焦慮不安。房屋像雨後春筍般到處都是，難看得令人想吐，就像農村處處可見的雞籠，真是壯觀。

陸加．菲茨威廉努力將視線從車廂窗外的風景移開，瀏覽起剛買的《泰晤士報》、《每日克里昂報》和《謗趣》週刊等幾份報刊。

他先看《每日克里昂報》，上面整版全是有關艾普索姆鎮的消息。陸加想：「真可惜，昨天到就好了，打從十九歲後，就沒目睹過德比賽馬了。」他曾給其中的一匹馬下了注，想看看《每日克里昂報》的賽馬記者對那匹馬獲勝機會的評論如何。他發現該記者根本不把牠放在眼裡，報上這樣寫道：「至於其他馬匹，如朱朱比二世、馬克的邁爾、桑托尼和傑瑞小子，都很難贏得一席之地。另外一匹不大可能獲勝的賽馬是……」

然而陸加對這匹不大可能獲勝的賽馬並不在意，他把目光轉向賭注的賠率，朱朱比是四十比一。他看看錶，三點四十五分，他想：「嗯，比賽該結束了。」這時他真希望當初自己是在勝算第二大的克拉戈身上下賭注就好了。

接著，他打開《泰晤士報》，開始專心閱讀比較重要的新聞。但過沒多久，一個坐在他對面角落處、目光凶狠的上校讀了報紙之後，突然異常憤怒，非得向同行乘客發洩一番不可。足足過了半個小時，上校才感到有些疲倦，於是終於結束了對「那些死共產主義煽動份子」的評論。

上校安靜下來，張開嘴進入了夢鄉。不久火車減速而且最後停了下來。陸加看看窗外，車站較大，有許多月台，顯得空空蕩蕩。他看到離月台不遠處有個書報攤，上面貼著一張海報：「德比賽馬成績揭曉」。陸加打開車門跳出車廂，跑向書報攤。沒一會兒，最新消息欄中有幾行模糊的字樣令他笑得合不攏嘴。

德比賽馬成績揭曉，優勝者為：朱朱比二世、梅茲巴、克拉戈。

陸加笑逐顏開，贏了一百英鎊可以隨便花用。朱朱比二世真是了不起，那些搞賽馬的情報販子根本沒想到牠會贏。他把報紙放好，仍然意猶未盡，等到轉過身來一瞧，火車卻已經不見了。

就在他為朱朱比獲勝而欣喜若狂時，火車早已不知不覺地駛出了車站。

他向一個愁眉苦臉的搬運工問道：「那班列車究竟是什麼時候離站的？」

搬運工回答：「什麼列車？三點十四分之後，這裡就沒有列車停靠了。」

「剛才有一班火車就停在這裡，我就是從這班火車下來的，是輪船的接駁快車！」

「接駁快車中途不停，直達倫敦。」搬運工一本正經地說。

「可是它剛才明明停在這裡，」陸加十分篤定地說，「我就是從車上下來的。」

「它直達倫敦，哪裡也不會停。」搬運工語氣非常堅定。

「你聽我說，它就停在這個月台上，然後我就下了車。」

面對眼前的事實，搬運工不再堅持己見。

「你本來就不應該下車，」他語帶責備地說，「在正常情況下，那班火車不會在這一站停靠。」

「但是明明就停了。」

「那只是依信號調度而暫停，是臨時停車，不是你說的『停』。」

「我不像你能注意到這些細微的差別，」陸加說，「現在的問題是，我該怎麼辦？」

搬運工頭腦遲鈍，依然帶著責備的口氣重複道：「你本來就不該下車。」

「我承認，」陸加說，「錯已鑄成，不能挽回。『無論我們哭得多麼傷心，也不能讓逝者起死回生，渡鴉說：永不再！』[1] 我想說的是，以你在鐵路公司當差的經驗，認為我該怎麼辦？」

「你是問你該怎麼辦？」

「是的。」陸加說，「我在想，是否還有在這站正式停靠的火車？」

「依我看，」搬運工說，「你最好搭四點二十五分那班火車。」

「要是四點二十五分的火車去倫敦，」陸加說，「我就搭那班車。」

搬運工說得沒錯。陸加就在站台上漫步。一個大標誌牌告訴他，目前他正位於亞許威奇伍的芬尼克萊頓聯軌站。不一會兒，一班單節火車由一個舊舊的小引擎噴著煙向後推著，慢慢地在一個不大的車庫式站台停下來。六、七個人下了車，過橋來到陸加所在的站台。愁容滿面的搬運工突然興奮起來，推著一大車板條箱和籃子，另一名搬運工也來幫忙，弄得牛奶罐乒乓作響。芬尼克萊頓聯軌站開始充滿生機。

開往倫敦的火車終於大駕光臨。三等車廂擁擠不堪，而僅有的三節一等車廂每節只有一兩名乘客。陸加仔細地查看每個廂房。第一間是吸菸室，裡面有一位軍人模樣的紳士在抽著雪茄。

陸加覺得，他今天看到的英籍印度上校太多了，不想和他們待在一起。他走向第二間，裡面是一位面容疲倦、頗有教養的年輕婦女，可能是保育員之類的，還有一個三歲左右的活潑男孩。陸加又快步往前走，下一間廂房的門開著，只有一位上了年紀的女士。看到她，陸加不禁想起了他的一位姑姑梅德麗。十歲時，梅德麗曾縱容他養一條無毒的青草小蛇，她確實稱得上是一個好姑姑。於是陸加走進去，坐了下來。

1　引自美國作家、詩人愛倫・坡（Edgar Allan Poe, 1809-1849）的名詩〈渡鴉〉（The Raven）。

經過大約五分鐘的喧囂忙亂，火車終於緩緩駛出車站。陸加打開報紙，瀏覽那些他感興趣而早報卻未刊載的新聞。他預料自己看不了多久，自家的姑姑早就使他體認到，對面這位和藹可親的老太太絕不會安安靜靜地坐到倫敦。他沒猜錯。老太太一會兒調整窗戶，一會兒拾起倒下的傘，一會兒又說這班火車如何如何之好。

「只要一小時又十分鐘，真不錯。你知道，真的很好，比早上那班車好多了，那班車要一小時又四十分鐘才到。」她又說：「當然，大家幾乎都搭早上那班火車，我的意思是，坐早班車可享受特別優惠，何必坐下午這班車，多破費呀！我本來也想搭那班車，可是『老呸』不見了——我是指我的那隻波斯貓，牠實在太漂亮了，只是牠最近耳朵老是會痛——我當然要找到牠才能出門。」

陸加低聲說：「當然。」

接著他又裝模作樣地看起報紙來。可是沒用，老太太仍然滔滔不絕地說道：「所以我只好勉為其難，改搭下午這班火車。不過話說回來，這樣也不錯，沒那麼擁擠，坐頭等車廂自然另當別論。但我通常不會這樣，我認為這樣做奢侈了點，什麼都要納稅，股息愈來愈少，傭人的工資和物價卻都大幅上漲。可是我實在很著急，你知道，我要去辦一件很重要的事，而且我要好好想一想該說些什麼……你知道，就是安安靜靜地想。」陸加強抑住不笑。「當你與你熟悉的人一同旅行時，你不能不理別人。所以我想，這次就只好多花一點錢了。可我的確認為目前浪費現象太嚴重，誰都不願意為將來著想節儉些。真掃興，二等車廂被取消了，其實二等車廂和頭等車廂差不了多少。」

她瞥了陸加那棕色面孔一眼，迅速地繼續說：「當然，我知道休假的軍人一定會坐頭等車廂。我是說，對當軍官的人來說，這是順理成章的事。」

陸加只抵擋了那對好奇、明亮閃爍的眼睛一會兒，隨即便投降了。他知道，最後還是得談到這件事。

「我不是軍人。」他說。

「噢，對不起，我不是說……只是認為你的膚色很深，大概是從東方回來度假吧？」

「我是從東方回來，」陸加說，「但不是度假。」為了避免對方進一步詢問，他就索性直說了：「我是警察。」

「警察？哈，真是太有意思了。我有一個好朋友的兒子剛剛加入巴勒斯坦警察部隊。」

「我在馬揚海峽當差。」陸加直截了當地說。

「哦，天啊，真有意思。這也太巧了，我是說，真沒想到你湊巧和我坐同一節車廂。因為你知道，我要去城裡辦的事就是關於……老實說，我要去蘇格蘭警場。」

「是嗎？」陸加說。

他心想：「老太太是否像口老鐘，很快就會停下來，還是要喋喋不休一直說到倫敦？」不管怎樣，他真的不在意，因為他太喜歡梅德麗姑姑了。他記得有一次，她在緊要關頭給了他一張五英鎊的鈔票。此外，這些老太太給人一種舒適、親切的感覺，而在馬揚海峽的老太太就完全不一樣了。蘇格蘭的老太太可以與聖誕布丁、鄉村板球賽以及燒得正旺的壁爐相提並論。這些東西當你求之不得或天隔一方時，才能充分意識到它們的重要性。然而你若老是接觸這些東西，又會對它們感到非常厭煩。就像前面提到的，陸加回到英格蘭才不過三、四個小時哩。

老太太又高興地說下去。

「是啊，我本來想今天早上去的，可是後來，正如我剛才所說，我十分擔心老呸，所以只好取消。你覺得我不會去得太晚，對吧？我的意思是，蘇格蘭警場並沒有固定的上下班時間吧？」

「我想他們不會在四點就下班。」陸加說。

「是啊，他們當然不會，對吧？我想，任何時候都可能有人要向他們報告大案子，對吧？」

「千真萬確。」陸加說。

老太太沉默了一會兒，表情憂慮，隨即又說：「我一直覺得最好開門見山，有話直說。約翰．李德……就是我們亞許威奇伍的警官，是個好人，說話彬彬有禮，待人和氣。可是你知道，我覺得他不適合處理真正要緊的事。他對酗酒鬧事、駕車超速或不按規定時間開燈、拿不出養狗執照甚或夜盜等都能處理得很好。可是我覺得，我敢說……他破不了謀殺案！」

「謀殺案？」陸加大吃一驚。

老太太用力點點頭說：「是啊，謀殺案。我看得出來，你覺得很意外。當初我也一樣，簡直不敢相信，還以為一定是自己在胡思亂想。」

「你敢確定不是胡思亂想嗎？」陸加禮貌地問道。

「哦，不是。」她篤定地搖搖頭。「第一次或許是，但是第二次、第三次、第四次就絕對錯不了。從那以後，我就百分之百確定了。」

陸加說：「你是說發生了……呃，好幾起殺人案？」

她用安詳平靜的聲音答道：「是發生了很多起。」接著又說：「所以我覺得最好直接向蘇格蘭警場報告。你是否覺得這是最好的辦法？」

陸加若有所思地看著她，然後說：「嗯，對，我認為你做得很對。」

他心想：「警察們知道怎麼對付她。很可能每個星期都有幾個像這樣的老太太去報案，絮絮叨叨地述說她們所住的寧靜、優美村莊裡發生了謀殺案。蘇格蘭警場或許有專門處理這種情況的部門。」

在他的想像中，一個慈祥的主任抑或一位長得很帥的年輕警官會機智地輕聲說：「謝謝你，夫人。非常感謝。好了，回去吧！把這事交給我們去辦，不用再擔心了。」

想到這幅景象，他不禁微笑起來，接著又想：「不知道她們為什麼會胡思亂想。或許是生活太枯燥乏味了，迫切需要一點刺激性的東西。我曾聽說，有些老太太竟懷疑別人在她們的食物中下毒。」

當他正沉思時，那個溫和柔細的聲音又說：「你知道，我記得曾在報紙上看到過……我想是艾伯克龍比那個案子。當然，他毒死了好多人之後，人們才起了疑心。剛才我說什麼來著？噢，對了，有人說他有一種眼神，他用那種特別的眼神看人一眼，那個人不久就會生病。當初我看到這個報導時不相信有這種事，現在才知道這是真的。」

「什麼是真的？」

「那個人看著別人的眼神。」

陸加目不轉睛地看著她，她輕輕顫抖，漂亮紅潤的臉也失去了原有的一些光澤。「最先是艾蜜．吉布司被那種眼神瞧過，不久她就死了，然後就是卡特，還有湯米．皮爾思。可是現在，就在昨天，輪到了亨伯比醫生。他是個大好人，真的是個好人。當然，卡特好酒貪杯，湯米是個冒失無禮的淘氣鬼，常常欺負別的小男孩，扭他們的手臂折磨他們。我對他們三人的死都不怎麼難過，可是亨伯比醫生就不一樣了，他可不能死。問題是，如果我去告訴他們這件事，他們絕對不相信我，一定會一笑置之！約翰．李德也不會相信我。因為這種事他們早已司空見慣！但是蘇格蘭警場就不一樣了。」

她看看窗外。

「噢，馬上就要到了。」

她在手提袋中忙亂地掏了一會兒，拿起傘又放下。

「謝謝你，非常感謝。」她接著又拿起傘。「和你聊聊，我覺得輕鬆多了，我想你一定是個好人，很高興你認為我做得對。」
陸加和藹地說：「蘇格蘭警場的人一定會提供很好的意見。」
「真的太感謝你了，」她在手提袋中摸索了一會兒。「這是我的名片。噢，對了，我只帶了一張，我得留著給蘇格蘭警場。」
「當然，當然。」
「對了，我姓平克頓。」
「平克頓小姐，這個姓氏很好聽。」陸加微笑著說。見她有點不知所措，忙又補充道：「我叫陸加．菲茨威廉。」
列車駛進站台後，他又說：「我幫你叫輛計程車吧。」
「哦，不用了，謝謝你。」平克頓小姐似乎對這種想法感到很吃驚。「我可以坐地鐵去。先到特拉法加廣場，然後沿著白廳街走過去就行了。」
「好，祝你好運。」陸加說。
平克頓小姐熱情地跟他握手，又喃喃道：「你真好，一開始我還以為你不相信我呢！」
陸加不禁紅著臉說：「嗯，那麼多命案！殺掉好幾個人而沒有被發覺，實在很不容易，對吧？」
平克頓小姐搖搖頭，認真地說：「不對，不對，好孩子，這你就錯了。殺人不難，只要沒人懷疑你。你知道，我要說的那個人，是個誰都不會起疑的人！」

「好吧，無論如何，祝你福星高照。」陸加說。

平克頓小姐消失在人群中，他也去找自己的行李，一邊走一邊想：「老太太是不是有點古怪？不，我想不是，只是她的想像力太豐富罷了。希望他們給她留點面子，不要讓她難堪，她實在是個可愛的老太太。」

02 訃聞

吉米·羅里莫是陸加的老朋友了，陸加一到倫敦，理所當然就住到了他家。當天晚上，他就和吉米一起外出尋歡作樂。次日早上陸加喝著咖啡，頭隱隱痛了起來。吉米叫了幾聲，他都沒回答，因為他正在專心看著早報上一則不重要的新聞。等他猛然意識到吉米叫他的時候，才說：「對不起，吉米。」

「什麼東西使你那麼入迷，有關政局的新聞嗎？」

陸加微笑道：「當然不是。只是這件事有點怪，昨天和我坐同一班列車的可愛老太太被車撞死了。」

「可能是沒注意人行道的指示燈。」吉米說，「你怎麼知道是她？」

「當然，也許不是她，可是姓氏相同——平克頓。她正要跨越白廳街時被一輛車撞死，車子沒停下來。」

「真可憐。」吉米說。

「是呀，老太太真可憐，我真替她難過，她使我想起了我姑姑梅德麗。」

「那個司機一定惡有惡報，可是如果要定他的罪，最多是過失殺人。告訴你，這年頭我開車怕得要命。」

「你的車是什麼牌子？」

「福特V8型。告訴你啊，老弟……」

接下來的談話全都繞著車子的性能等等。

過了一會，吉米突然問道：「你究竟在哼什麼曲子？」

陸加哼著。

「『啦啦啦，啦啦啦，蒼蠅與大黃蜂成了家。』」他帶著歉意說，「是童年時代的歌謠，不知怎的就想起來了。」

§

一個多星期後，陸加正漫不經心地瀏覽《泰晤士報》頭版時，突然吃驚地尖叫了一聲。

「天哪！」

吉米．羅里莫抬頭問道：「怎麼了？」

陸加沒回答，定睛看著訃聞欄中的一個名字。吉米又問了一次。

陸加抬起頭看著他的朋友，表情非常奇特，吉米不禁嚇了一跳。

「發生什麼事了？陸加，你好像碰到鬼似的。」

好一會兒，陸加都沒有回答。他扔下報紙，在房裡大步踱來踱去。吉米愈來愈驚訝地看著他。

陸加一屁股坐進椅子裡，轉身對他說：「吉米老弟，還記得我提到過，回英格蘭那天我和一位老太太同車？」

「就是那個讓你想起梅德麗姑姑，後來被車子撞死的老太太？」

「就是她。聽我說，吉米，那位老太太向我拉拉雜雜說了很多話，說她為什麼要去蘇格蘭警場報告一連串殺人案。她說她住的村子裡有個逍遙法外的殺人犯，而且他即將打算再殺一個人。」

「你沒有提到她很古怪。」吉米說。

「當時我並不覺得。」

「哦，老弟，算了，一連串地殺人……」

陸加不耐煩地打斷他的話說：「我當時並不認為她是腦子有毛病，只是覺得她在胡思亂想，老太太有時就是這樣。」

「哦，你說得對，我想或許是這樣。不過，我覺得她可能還是有點精神失常。」

「你怎麼說都沒關係，吉米。但是現在你得聽我說，明白嗎？」

「嗯，那就快點說吧。」

「她說得很詳細，提到一兩個被害人的姓名，又說使她最焦慮不安的一件事，就是她知道下一個被害者是誰。」

「是嗎？」吉米鼓勵他說下去。

「有時候，不知為什麼一個名字印在你的腦海裡，你就是忘不掉。我之所以忘不了這個名字，那是因為聯想起孩提時代人們常唱的一首無聊童謠：『啦啦啦，啦啦啦，蒼蠅與大黃蜂成了家』。」

「你還真會動腦筋，不過這有什麼重要？」

「你還不懂？重點是，那個人的名字叫亨伯比[2]——亨伯比醫生。那位老太太說，亨伯比醫生將會是下一個受害者，她感到非常難過，因為他是『一個大好人』。」

「嗯？」吉米說。

「好了，你看看這個。」陸加把報紙遞給他，同時指著訃聞欄中的一則訃聞。「『先夫約翰．愛德華．亨伯比醫學博士不幸於六月十三日，在亞許威奇伍宅邸桑德門溘然長逝。謹訂於星期五舉行葬禮，謝絕花圈。未亡人：潔西．羅絲．亨伯比頓首』。」

「明白了嗎，吉米？姓名、地點都相同，而且他也是醫生，對此你有何看法？」

吉米沉思了一兩分鐘後，嚴肅而不大肯定地說：「我想可能是巧合吧。」

「是嗎，吉米？難道就這麼簡單？」

陸加開始在房裡來回踱步。吉米問：「如果不是巧合，那又是什麼呢？」

陸加突然轉身說：「要是那個饒舌老太太說的是真的怎麼辦？要是那個不可思議的故事是不折不扣的事實怎麼辦？」

「噢，得啦，老弟，那未免太誇張了，那種事不會發生。」

「那麼艾伯克龍比下毒案又該如何解釋？不是說他毒殺了好幾個人才被發現嗎？」

「還不只那幾個人呢，」吉米說，「我朋友的表哥是當地的驗屍官。我聽他談及此事。艾伯克龍比由於把砷放在當地獸醫的食物中而被捕，接著警察對他的妻子進行開棺驗屍，她身上全是砷毒。毫無疑問，他的小舅子也是這麼死的。還不只這些，我這個朋友告訴我，據非官方的說法，艾伯克龍比一生至少毒死了十五個人，十五個人哪！」

「一點也沒錯，看來世界上的確有這種事！」

「是的，但這種事也不常見。」

「你怎麼知道？事實上這種事也許比你想像中多得多。」

「你那套警察的口氣又來了！難道你連退休賦閒了，都還忘不了自己是一個警察嗎？」

2　大黃蜂的英文 bumblebee 與亨伯比的讀音相似。

「我覺得，一日為警察，終身為警察。」陸加說，「聽我說，吉米，假如艾伯克龍比非常謹慎，所以罪行沒被警察發覺的話，一些饒舌的老太太只是懷疑他在幹什麼就去向有關單位報告，你想他們會聽她的嗎？」

「當然不會。」吉米微笑道。

「一點也沒錯。正如你說的，他們會說她是精神失常或『胡思亂想，沒有真憑實據』。我說過，吉米，我們兩人可能都錯了。」

「依你看，情況究竟如何？」

陸加慢慢地說：「事情是這樣的：我聽到一個故事……一個未必確實但並非沒有可能的故事。亨伯比醫生之死就是證據，可以證明這個故事的真實性。還有一件重要的事實。平克頓小姐要去蘇格蘭警場報告這個不太真實的故事，可是一輛汽車在她還沒抵達前就把她壓死，並逃之夭夭。」

吉米反駁說：「你怎麼知道她還沒到蘇格蘭警場？也許她是回來的時候被壓死的。」

「也許是，但我認為不是。」

「那完全是你的猜測。總而言之，你相信這個聳人聽聞的說法就是了。」

陸加用力搖搖頭。

「我沒這麼說，只是覺得這件事需要調查。」

「換句話說，你要到蘇格蘭警場去？」

「不，現在還沒到那種地步。正如你所說的，亨伯比的死也許只是巧合。」
「那麼請問，現在你有什麼打算？」
「我想去那個地方調查此事。」
「你真的打算去？」
「你不覺得這是唯一明智的方法嗎？」
吉米注視著他，然後說：「陸加，你真的把它當作一回事？」
「完全正確。」
「萬一這一切全都是子虛烏有呢？」
「那最好不過了。」
「對，那當然。」吉米皺眉道，「但是你不這麼想，對吧？」
「親愛的老兄，我沒意見。」
吉米沉默了一兩分鐘，接著說：「你有什麼計畫？我是說你突然到那個地方去，總得有點理由才行。」
「嗯，我想我會有的。」
「光是『想』有什麼用，你難道不知道英格蘭的鄉村小鎮是什麼樣子嗎？任何陌生人都會成為眾矢之的。」
「那我只得偽裝一下了，」陸加忽然笑道，「有什麼好主意嗎？假扮畫家？不行，我不會素描，更不用說油畫了。」

「你可以裝成現代藝術家，」吉米建議道，「這樣就不會有問題了。」

然而陸加還在專心地考慮這件事，他說：「裝成作家怎麼樣？作家是不是會去陌生的鄉村客棧寫作？我想也許會。裝成漁民也行，不過我得看看附近有沒有河流。病人需要去鄉下養病，那裡空氣新鮮。但是我不像有病的樣子，而且，時下人們都去療養院療養。我可能還要在附近找一棟房子，只是這不太妥當。真該死，吉米，一個健壯的陌生人突然跑到英國村莊，這一定得有某些說得過去的理由。」

吉米說：「且慢，把那張報紙再給我看一下。」他接過報紙草草看了一眼後，用勝利的口氣大聲說：「我怎麼就沒想到？陸加，老弟，簡要地說，我來替你安排好了，這簡直是易如反掌。」

陸加轉身問：「什麼？」

吉米頗為得意地接著說：「我想起來了，是亞許威奇伍。一點都沒錯！就是那個地方！」

「是不是你碰巧有朋友認識當地的驗屍官？」

「這回不是。是個更好的消息，老弟。你知道，上蒼賜給我許多姑姑、表兄弟姊妹，因為我爺爺有十三個子女。你聽好了：我有個表妹在亞許威奇伍。」

「吉米，你真是太了不起了！」

「還不錯，對吧？」吉米謙虛地說。

「把她的情況說給我聽聽。」

「她名叫布莉姬・康韋。在過去兩年，她是費菲德勳爵的祕書。」

「就是那個擁有那些下流小週刊的傢伙？」

「對，他也是個令人討厭的小個子，傲慢自大。他生於亞許威奇伍，是個勢利小人，老向別人喋喋不休地說起他的出身和教養，以自己是白手起家的人而自豪。發跡之後，他又回到家鄉，買下當地唯一的大宅院（順便一提，那本來是布莉姬家的），現在忙著把它整修成一個『模範莊園』」。

「你表妹現在還是他的祕書？」

「以前是，」吉米黯然地說，「現在她更上一層樓，已經和他訂婚了！」

「啊。」陸加感到相當驚訝。

「當然，他是個值得被看中的結婚對象，」吉米說，「財源隨之滾滾而來。布莉姬以前曾被一個傢伙甩掉，所以她不再相信什麼愛情。不過這樁婚事也許會有好結果。她將來會對他管得很嚴，他也會完全聽命於她。」

「那我該扮演什麼角色呢？」

吉米立刻答道：「你去那兒住下，最好假裝是她另外一個表哥。反正布莉姬有許多表兄弟，多一個少一個無所謂。我會和她把這事安排好，她和我一向交情不錯。至於你去的理由嘛……巫術，老弟。」

「巫術？」

「民間傳說、地方迷信……反正就是那些東西。亞許威奇伍在這方面相當有名。是最後保留女巫夜半集會的幾個地方之一，在上個世紀，還有女巫被燒死和各種傳統。你就說你在寫一本書，明白嗎？研究馬揚海峽風俗習慣和舊英格蘭民間傳說之間的相互關係和相同點等等，這方面你在行。帶著筆記本轉一轉，拜訪一些老人，向他們請教當地的迷信和風俗習慣，他們對這種事早就習以為常了。要是你住在亞許莊園，就等於證明了你的身分。」

「費菲德勳爵怎麼對付？」

「好對付，他沒受過什麼正規教育，很容易受騙，他相信從自家小報上所看到的一切。不管怎麼說，布莉姬會打發他。布莉姬那兒不會有問題，她那邊由我負責搞定。」

陸加深深吸了一口氣。

「吉米老弟，看起來這件事並不難辦。你真了不起，要是你真的能替我打點好你表妹那邊……」

「絕對沒問題，包在我身上。」

「那我就感激不盡了。」

吉米說：「我只有一個要求，假如你真的把殺人狂捉拿歸案，一定要把整個過程講給我聽。」隨即又尖聲問道：「怎麼了嗎？」

陸加緩緩說：「只是想起我認識的那位老太太跟我說的一席話。我說如果殺掉許多人卻不受到法律制裁，實在太難了。她說我錯了，她說，殺人並不難。」他頓了頓又緩慢地說：

「吉米，我在想這是不是真的……」

「什麼？」

「殺人不難。」

03／不騎掃帚的女巫

陸加驅車駛過山坡，開進亞許威奇伍這個鄉村小鎮的時候，陽光正普照著大地。來之前他買了一輛二手標準燕子牌汽車。他在山脊上稍事停留，然後關掉引擎。

夏日溫暖，陽光明媚。村莊就在他的腳下，沒有受到現代發展的破壞，實屬罕有。它靜謐無邪地沐浴在陽光下，唯一的重要街道沿著亞許山脈陡峭的山脊蜿蜒伸展。

此地看來彷彿遠離塵囂，宛若世外桃源。陸加想：「我大概瘋了，這整件事都只是我的幻想。」他是不是真的到這兒來一本正經地追緝殺人狂……僅僅根據一位老太太說的一大堆廢話以及偶然看到的一則訃聞？

陸加搖搖頭。

「想必這種事不會發生？」陸加喃喃道，「或者會？陸加，只有你才能證明你是不是世界上最容易上當受騙的第一流大傻瓜，還是警察的直覺促使你要把這件事查個水落石出。」

他啟動汽車，換好排檔，緩緩地沿著彎曲的道路驅車駛入那條大街。

如前所述，威奇伍只有一條主要街道，街上有商店和小巧的喬治王朝時期風格的房舍，整潔而有貴族氣派，門前是潔白的台階，門上的銅環光亮亮的；還有一些附帶花園的優美村舍。離大街不遠處，有一家叫「鈴鐺與小丑」的小旅館。村中有一片綠地和一座鴨池，陸加起初以為，聳立其上那棟莊嚴的喬治王朝時期風格的建築物，就是他的目的地亞許莊園。走近一看，門上一塊大油漆招牌寫著：「博物館和圖書館」。再過去一點，有一棟不合時宜的巨大白色現代建築，顯得與村中其他建築那種愉悅隨和的氣氛很不協調。陸加猜想那可能是當地的成人業餘學校兼青年俱樂部。

就在這時，他停車問路。

有人告訴他，亞許莊園還有大約半英里遠，在他的右手邊。

陸加繼續向前行駛，很容易就找到了莊園的大門，是新近精心製作的鍛鐵門。他駛進門內，看見樹叢後露出的紅牆。等他轉到正面時，眼前那一大團驚人而不和諧的城堡形建築物，不禁讓他愣住了。

正當他仔細思索這次調查可能遇到的困難時，太陽躲進雲層裡去了。他突然意識到亞許山脈令人倍感壓抑的威脅力。一陣狂風迎面襲來，吹得樹葉嘩嘩作響。這時，一個女子從那城堡形的房子轉角走過來。

那陣風把她的黑髮吹起，陸加忽然想起他看過的一幅畫：尼文森的〈女巫〉。那張蒼白、姣好的長臉，那頭直沖星空的黑髮，陸加幾乎可以想像出她騎著掃帚飛向月球的情景……

她朝他直直走來。

「想必你就是陸加．菲茨威廉，我是布莉姬．康韋。」

他握住她伸過來的手，這時他能夠看清她的真面目，而毋需再胡思亂想了。身材高䠷、苗條，姣好的長臉蛋，略微凹下的顴骨，愛冷嘲熱諷的黑眉，以及黑眼和黑頭髮，他覺得她就像一幅精美的版畫，既深邃又美麗。

在乘船回英格蘭的途中，他的腦海深處就有一幅既定的圖像：一位臉色紅潤、皮膚黧黑的英國女孩的畫像。她會輕輕撫摸馬的脖子，俯身拔除綠草邊上的雜草，或是坐著伸手烤著篝火。好一幅溫暖、優美的圖畫。而現在，他不知道他還喜不喜歡布莉姬．康韋。不過，他知道深藏在他腦海中的那幅圖像正在消退、破碎，變得毫無意義，荒謬可笑……

他說：「你好！很抱歉這樣打擾你，不過吉米說你不會介意。」

「對，不會，我們感到很高興。」她突然笑了笑，兩邊嘴角高高翹起彎成弧形。「吉米和我一向交情不錯，要是你想寫本關於民俗的書，這個地方再好不過了。不但有各種傳說，還有許多風景名勝。」

「太棒了。」陸加說。

他們一起走向房子，陸加又悄悄打量了一下這座莊園。他現在才看出，它已經經過多次華麗的裝修和粉飾，原本是一棟簡樸的安妮女王朝代風格的建築。他記得吉米曾說過，這房子原來是布莉姬家的房產。不過他敢說，那一定是在加上這些粉飾之前。他偷偷地瞥了一眼她身體的曲線和那雙美麗的手，想知道為什麼會這樣。

他估計她年約二十八、九歲，相當聰慧，她是那種叫人捉摸不定的女子，除非是她自己願意透露的事，否則誰也看不透……

屋內舒適、品味高雅，出自一流室內設計師的手筆。布莉姬．康韋帶他走進一間有書架和舒適椅子的房間。窗口有張茶几，旁邊坐著兩個人。她介紹說：「戈登，這是陸加，我的遠房表哥。」

費菲德勳爵身材矮小，頭已半禿，圓臉上的表情很坦誠，嘴唇突出，眼睛像煮熟了的醋栗。他穿著一套輕便的鄉村衣服，跟他那大腹便便的身材很不相稱。他謙恭有禮地向陸加打招呼。

「很高興認識你，非常高興。聽說你剛從東方回來，那地方很有意思。布莉姬告訴我，你在寫一本書。有人說，這年頭出的書實在太多了，我可不覺得，好書永遠不嫌多。」

布莉姬說：「這是我姑姑，安特魯瑟太太。」

陸加和那個不善言談的中年婦女握握手。

陸加隨後得知，安特魯瑟太太全心全意致力於園藝。她老在盤算著某種珍稀植物能否在她想要栽種的地方活得好，從不談論其他事情。一陣寒暄之後，她就說：「你知道，戈登，玫瑰園旁邊的那塊地是建造假山的理想所在。假山完工後，你就有了一個最絕妙的山水庭園，水可以從假山上潺潺流下。」

費菲德勳爵伸伸腰靠在椅背上，懶懶地說：「你和布莉姬看著辦吧，我覺得岩間植物是很不起眼的小東西，不過這沒關係。」

布莉姬說：「戈登，對你來說，岩間植物不夠氣派。」

她給陸加倒了些茶。

費菲德勳爵平靜地說：「你說得對，它們並非物有所值，那麼點花幾乎都看不到。我喜歡暖房裡怒放的鮮花或是花圃上長得很好的深紅色天竺葵。」

安特魯瑟太太的過人之處就是，無論別人怎麼干擾，她都能繼續談論她的話題。她說：「在這種氣候下，我相信這些新品種的岩間玫瑰會長得很好。」

然後她又埋頭看著花卉目錄。

費菲德勳爵把矮胖的身軀靠在椅背上，一口一口地品茶，用欣賞的目光打量著陸加。

「這麼說，你是個作家囉。」他喃喃道。

陸加覺得有點緊張，正想加以解釋時，突然明白費菲德勳爵並非真的想了解什麼，只聽他自滿地說：「我常常想要親筆寫一本書。」

「是嗎？」陸加說。

「你聽著，要是我能寫出來的話，」費菲德勳爵說，「肯定會是一本令人眼睛一亮的書，因為我見多識廣。問題是，我沒時間，太忙了。」

「當然，你一定很忙。」

「你難以想像我肩負著多大的責任，」費菲德動爵說，「我對我的每一份刊物都很關心，我覺得我有責任改造人們的思想。下星期，數百萬的人就會完全按照我的意思去思想和感覺。這可是很嚴肅的事，這就是責任。老實說，我不在乎責任，也不怕承擔責任，對我來說，責任算不了什麼。」

費菲德動爵挺了挺胸，試圖縮回肚子，然後和藹地看著陸加。布莉姬．康韋輕輕地說：「你真了不起，戈登。再喝點茶吧。」

費菲德動爵簡單地答道：「我是很了不起。算了，不喝了。」然後又紆尊降貴、親切地問客人：「這附近有熟人嗎？」

陸加搖搖頭，但一轉念自己愈早開始工作愈好，就說：「不過我答應別人要去探望一個人，他是我朋友的朋友，姓亨伯比，是個醫生。」

「哦，」費菲德動爵使勁坐直身子。「亨伯比醫生？真可惜！」

「可惜什麼？」

「他一星期前死了。」

「噢，老天。」陸加說，「真遺憾。」

「如果你和他打過交道，我想你一定不會喜歡他。」費菲德動爵說，「他固執己見，討人厭，又頭腦糊塗，是個大蠢蛋。」

「意思就是說，」布莉姬插嘴道，「他和戈登的意見不合。」

「是關於水源的問題。」費菲德勳爵說，「不妨告訴你，我是個熱心公益事業的人，對本地的公共福利很關心。我在這裡出生，是的，就是在這個小鎮上。」

令陸加大失所望的是，話題從亨伯比醫生又轉到了費菲德勳爵身上。

「對我的出身，我一點都不感到羞恥。」這個所謂的紳士繼續說，「也不管別人怎麼說。我沒有你們得天獨厚的優勢。家父曾經營一家鞋店，沒錯，一家不起眼的鞋店。我很年輕時在鞋店工作，自食其力。菲茨威廉，我決心改變這種單調乏味的生活，而毅力、勤奮和天助使我獲得成功！就是這些才使我有了今天。」

接著，他又向陸加詳細介紹了他的生涯。最後才以勝利者的口吻說：「我終於如願以償，歡迎大家來聽聽我的成功之道。我對我的早年生活毫不羞愧，一點也不，先生。如今我回到這個我出生的地方。你知道在我父親店面的原址上，我建了什麼來著？我捐建了一座成人業餘學校兼青年俱樂部。這是一棟第一流的、最先進的建築，請的是全國最好的建築師！我只能說他幹得馬馬虎虎……感覺看起來就像濟貧院或監獄一樣，但是別人都說不錯，所以我想一定錯不了。」

「想開點，」布莉姬說，「這棟房子不是按你的意思裝修過了嗎？」

費菲德勳爵讚許地咯咯笑著說：「對呀，他們企圖打馬虎眼，要按房子原來的風格來整修。我說不行，我要住在這個地方，錢不能白花。要是一個建築師不按我的意思做，我就解雇他，另找一個。最後終於找到一個完全理解我的意圖的傢伙。」

「他幫你把那些胡思亂想發揮得淋漓盡致。」布莉姬說。

「他本來希望這地方保持原來的樣子。」費菲德說著拍拍她的手臂。「親愛的，光生活在回憶中是沒有用的。那些家道殷實的老傢伙知道什麼？我要的不是普普通通的紅磚房，我一直夢想有座城堡式建築，現在終於有了！」他頓了頓又說：「我知道，我的審美能力不是很高，因此我把房屋的室內裝潢完全委託給一家好公司去做。我覺得他們幹得還不錯……雖說有些地方的色調灰暗了點。」

「哦，」陸加覺得不知說什麼好。「能了解你的想法真是太好了。」

對方咯咯笑道：「而且我通常是心想事成。」

「可是供水計畫就幾乎完全沒能如你所願。」布莉姬提醒他。

「哦，那件事啊！」費菲德勳爵說，「亨伯比是個笨蛋。那些老頭都很固執，根本不可理喻。」

「亨伯比醫生是個非常坦率的人，不是嗎？」陸加冒昧地說，「所以，我想他因此樹敵不少。」

「不，不，我不知道該不該這麼說。」費菲德勳爵揉揉鼻子，喃喃說道，「嗯！布莉姬，你說呢？」

「我一直覺得大家都很喜歡他，」布莉姬說，「我只有那次腳踝受傷時去看過他，不過我覺得他很和藹可親。」

「是的，大體上說來，他還是很受人歡迎。」費菲德勳爵承認道，「但我知道有一兩個人總是與他過不去，他們也是頑固不化的人。」

「這兩個人是本地人嗎？」

費菲德勳爵點頭道：「像這種地方，往往有許多世仇和派系。」

「對，我想是的。」陸加說，同時猶豫了一下，拿不準接下來該怎麼應對，於是便說：「這地方住的大都是些什麼樣的人？」

這是個無關緊要的問題，但是他馬上得到了回答。

「大部分都是些未亡人，」布莉姬說，「牧師的女兒、姊妹或妻子，還有一些醫生的女眷。男女的比例大約是一比六。」

「不過，還是有一些男人？」陸加冒險地問。

「哦，對，有艾博特先生，是個律師，年輕的托馬斯醫生，是亨伯比醫生的合夥人，韋克牧師，和……還有誰來著？戈登。對了，愛渥西先生，是古玩店老闆，相當親切，此外還有霍頓少校和他那些牛頭犬。」

「我記得我朋友還提到過住在這裡的一個人，」陸加說，「聽說是位和藹可親的老太太，不過很健談。」

布莉姬笑道：「這個村子一半的人都話多！」

「她姓什麼來著?對了,我想起來了,平克頓。」

費菲德勳爵咯咯笑著,嗓音有點嘶啞。

「說真的,你太不走運了!她也死啦。幾天前在倫敦被車子撞倒,當場就死了。」

「你們這裡好像死了不少人嘛。」陸加漫不經心地說。

費菲德勳爵立刻氣惱地說:「才不會,這是英國最健康的地方之一。意外死亡當然不算,任何人都可能發生意外!」

然而布莉姬.康韋卻若有所思地說:「事實上,戈登,去年真的死了不少人,老是在舉行葬禮。」

「親愛的,別亂說。」

陸加問:「亨伯比醫生的死也是意外嗎?」

費菲德勳爵搖搖頭說:「哦,不是,亨伯比醫生死於嚴重的敗血症。當醫生的經常碰到這種事。手指被生鏽的釘子或者別的東西劃破,因為沒有留意,結果受到細菌感染,三天後就死了。」

「醫生大都這樣,」布莉姬說,「所以我想他們要是不小心就很容易感染。真叫人難過,他太太悲痛欲絕。」

「違抗天意是沒有用的。」費菲德勳爵輕鬆地說。

§

「難道這真是天意嗎？」後來陸加回房換餐服的時候，這樣問自己。

敗血症？也許是，不過死得太突然了。

他的腦海裡一直回響著布莉姬輕描淡寫說的那句話：「去年真的死了不少人。」

04 陸加著手調查

次日早晨陸加下樓吃早飯時，已經較為仔細地在心中擬好了調查計畫，並且準備立即付諸行動。

醉心園藝的姑姑不在，而費菲德勳爵正在享用腰子和咖啡。布莉姬．康韋已經吃完早飯，站在窗口看外面。

彼此道過早安之後，陸加坐下來開始享受那一大盤豐盛的蛋和培根。他說：「我必須開始工作了，問題是不知道該怎樣讓人開口。你知道我的意思，別人不像你和……嗯，布莉姬。」幸好他及時醒悟，沒有把「康韋小姐」說出口。「你會將知道的事都告訴我，不過遺憾的是，你不知道我想了解的事……也就是本地的迷信。你不會相信，在世界上許多偏遠地方還殘留著許許多多迷信。例如德文郡有個村子的神父就不得不移開教堂邊一些古老的史前花崗石豎柱，因為當地居民每次舉行葬禮都要圍繞豎柱行進。那些異教徒古老的儀式竟然會留存下來，真是不可思議。」

「當然，你是對的。」費菲德勳爵說，「人們需要的是教育。還記得我在本地捐贈了一座圖書館吧？它以前是莊園主人的舊宅第，值不了幾個錢，我把它買下來改建成最好的圖書館。」

陸加努力不讓話題涉及費菲德勳爵的所作所為。他熱誠地說：「太棒了，幹得好。很顯然你已經意識到舊世界蒙昧無知的深厚根源。當然，從我的角度來看，這正是我要了解的，譬如舊的習俗、迷信以及關於舊儀式的一些傳說。」

接著，他又談了一大堆專為此行而特地研讀過的一本書，最後做結論：「死亡是人們最常談論的話題，殯葬儀式和習俗往往比任何其他習俗都流傳得久遠。而且不知為什麼，鄉下人總是喜歡談論死亡。」

「因為他們喜歡葬禮。」布莉姬在窗邊附和說。

「我想我會從這一點著手，」陸加接著說，「要是我能知道這個教區裡最近死了哪些人，查出他們的親屬並與之交談，毫無疑問我能找出我需要的線索。我該向誰打聽死者的姓名呢，牧師嗎？」

「韋克先生或許對此會很感興趣。」布莉姬說，「他是個和藹可親的老人，也比較喜歡研究古文物，我想他能向你提供不少資料。」

陸加一時之間很擔憂，希望那位牧師不要太能幹，別對古文物太內行，免得害他露出馬腳。他熱誠地大聲說：「很好，我想你可能不太清楚過去一年裡死了哪些人吧？」

布莉姬喃喃道：「我想想看。當然，有卡特，河邊那家令人討厭的『七星酒店』的老闆。」

「嗜酒如命的無賴！」費菲德勳爵說，「社會主義者，愛罵人的混蛋，死得好！」

布莉姬接著說：「還有幫人洗衣服的羅絲太太；小湯米．皮爾思，好個令人討厭的小男孩；哦，對了，還有那個叫艾蜜的女孩……艾蜜什麼來著？」

當說到最後這個名字時，她的聲音有點異樣。

「艾蜜？」陸加說。

「艾蜜．吉布司，以前在這兒當傭人，後來又換到溫弗利小姐家。警方還替她驗過屍。」

「為什麼？」

「那個傻女孩在黑夜裡弄錯了藥瓶。」費菲德勳爵說。

「她以為拿的是咳嗽藥，而實際上是帽漆。」布莉姬解釋道。

陸加揚揚眉驚奇地說：「可以算是悲劇了。」

布莉姬說：「有人認為她是自殺，可能是因為跟她男朋友吵過架。」她說得很慢，幾乎有點不情願。

大家一時無話。陸加直覺到某種不可名狀的情緒使得氣氛有點壓抑。

他想：艾蜜．吉布司？對，平克頓小姐曾提到這個名字。她還提過一個小男孩……叫湯米什麼來著，她顯然瞧不起他，布莉姬似乎也有同感。對了，他幾乎可以確定，平克頓小姐也提到過卡特。

他起身輕鬆地說：「談到這些，使我感到有點不寒而慄，彷彿闖進墳場似的。結婚的習俗也很有趣，只是更不容易讓不相關的人開口。」

「我想過去是有這種可能。」布莉姬的嘴唇輕輕抽動了一下。

「幸災樂禍或對別人的事漠不關心，又是另外一個有趣的話題。」陸加裝出熱心的樣子接著說：「在一些古老的村鎮常常可以聽到。你們知不知道這裡有沒有那種事？」

費菲德勳爵慢慢地搖搖頭。布莉姬．康韋說：「我們不大可能聽到那種事。」

陸加幾乎還沒等她說完，就迫不及待地接下去。

「那當然，我該向中下階層的人打聽。我打算先去牧師那兒，看看能有什麼收穫。然後說不定再到……你是不是說叫什麼七星酒店來著？還有那個頑劣不堪的小男孩呢，他有沒有為他的死感到難過的親屬？」

「皮爾思太太在大街上開著一家菸草和書報攤。」

「這真是天助我也。」陸加說，「好啦，我要走了。」

布莉姬迅速優雅地從窗邊走過來說：「如果你不介意，我想和你一起去。」

「當然不介意。」他勉強熱誠地說。

他覺得非常意外，但不知道她是否有所覺察。如果身邊沒有一個警覺、聰慧的人，對付那個上了年紀而且喜歡古文物的牧師就會容易些。

「嗨，算了，」他心想，「怎樣取信於人，全靠我自己。」

布莉姬說：「請等一下好嗎，陸加？我去換雙鞋就來。」

陸加！她那麼不經意地隨口叫出他的教名，給他一種奇怪又溫馨的感覺。可是如果她不這麼叫他，又該怎樣稱呼他呢？既然她已經答應吉米把他當作表哥，就不可能叫他菲茨威廉先生。他忽然不安地想道：「她怎麼看待這些事，她究竟在想什麼？」

奇怪的是，事前他並沒有為這些事擔心。「吉米的表妹」僅僅是一個能夠提供便利的抽象名詞，一個無足輕重的人。他幾乎還來不及了解她，只是相信他朋友的話：「布莉姬那裡沒問題。」

他原以為她應該是個金髮的嬌小祕書，非常精明，能抓住一個富人的心。

但事實上，她是那麼有魄力、有頭腦，冷靜又聰慧。他一點也不知道她對他有何看法。他想：「她可不是個容易受騙上當的人。」

「我準備好了。」

她的動作很輕盈，因此他沒有聽到她走近的腳步聲。她沒有戴帽子，也沒戴髮網。走到門外時，一陣從城堡轉角吹來的強風突然把她的烏黑長髮弄得凌亂不堪，纏繞在臉上。

她微笑道：「你需要我給你帶路。」

「真感激你了。」他拘謹地答道。

他納悶自己是否覺察到一種突然的、稍縱即逝的冷笑。他回頭看看城垛，生氣地說：

「真討厭！難道就沒有人能阻止戈登把房子弄成這樣嗎？」

布莉姬答道：

「英國人一向把房子當作自己的城堡……這種說法對戈登來說，完全正確。他對這棟房子喜歡得要命。」

陸加意識到自己的話不得體，可是又忍不住說：「這是你的老家，不是嗎？你真的『喜歡』它現在這個樣子嗎？」

她用平靜而稍感興趣的目光看著他，喃喃地說：「我不想破壞你腦子裡勾勒的動人畫面，但事實上，我兩歲半就離開這裡了，所以你說什麼『老家』，這個動機對我來說並不適用。我甚至對這個地方一點記憶也沒有。」

「你說得對，」陸加說，「恕我一時失言，說話太浪漫了。」

她笑道：「事實並不是那麼浪漫。」

她的聲音中突然流露出怨恨和鄙視，不禁使他大吃一驚。他覺得不好意思，不禁臉紅起來，但又突然意識到，她怨恨的對象並不是他，她怨恨和鄙視的是她自己。於是他識趣地保持沉默，可是打心底對她產生了很大的疑惑……

五分鐘後，他們走過教堂來到與之緊鄰的牧師住所。牧師正在書房。阿弗雷・韋克是個矮小佝僂的老人，藍色的眼睛非常溫和，有點心不在焉，卻彬彬有禮。他對兩位客人的來訪似乎很高興，但又覺得有點意外。

「菲茨威廉先生現在和我們一起住在亞許莊園，」布莉姬說，「他正在寫書，想請教你一些相關的事情。」

韋克先生把探詢的溫和目光轉向這個比他年輕的人，陸加急忙解釋，他緊張極了，簡直緊張得要命，原因有二：首先，關於民俗、迷信儀式或風俗方面的知識，這個人顯然比任何囫圇吞棗隨便讀過幾本書的人要淵博得多；其次，布莉姬．康韋就站在一旁聽著。使陸加感到寬慰的是，韋克先生特別感興趣的是古羅馬的遺跡。他彬彬有禮地承認自己對中世紀民俗和巫術幾乎一無所知，並且提到有關亞許威奇伍的某些歷史遺跡，主動提議帶陸加到傳說中女巫午夜集會的山脊去看看。但是他自稱無法提供更多這方面的資料，對此他深表遺憾。

陸加心裡如釋重負，表面上卻顯得有點失望，接著便開始詢問有關死者臨終前的迷信。

韋克先生輕輕搖搖頭。

「這方面我恐怕是最無知的人了。教區裡的居民都守口如瓶，不讓我聽到任何異端邪說。」

「對，那當然。」

「不過，儘管如此，我相信這裡的確存在著許多迷信，這些鄉下人還是很落後。」

陸加大膽地說：「我向康韋小姐打聽過最近死了哪些人，我想也許可以從中獲得一些資料。不知道你能不能給我一份名單，讓我挑選出我可能會感興趣的人？」

「好的，好的，這件事我可以安排。教堂司事賈爾斯是個好人，可惜耳朵聾了，他可以幫你查查。我想想看，真的死了不少人，經過一個嚴冬和變化莫測的春天之後，的確發生過不少意外，好像倒楣的事接二連三地發生。」

「有時候，」陸加說，「一連串的厄運往往跟某個人的出現有關。」

「對，對，這就像《聖經》中所說的約拿災星。但是我想本地並未出現過陌生人……就是特別引人注目的陌生人，而且我也沒聽說人們有這種感覺。只是我說過，也許我不該聽到。對了，最近去世的有亨伯比醫生和可憐的列薇娜．平克頓。亨伯比醫生，好人一個……」

布莉姬插嘴道：「菲茨威廉先生認識他的一些朋友。」

「真的？太令人惋惜了。一定有很多人為他的死感到難過。他的朋友很多。」

「不過他一定也有些仇人。」陸加說，「我只是聽我朋友這麼說。」

韋克先生嘆息道：「他一向說話太直，可以算是很不圓滑老練。」他搖搖頭。「這樣一定會觸怒一些人，不過他受到很多窮人的衷心愛戴。」

陸加不經意地說：「你知道，我總覺得這是生命中不得不面對的難處之一：我是說，一個人死了，總有某個人可以從中得利……我指的不僅僅是金錢方面。」

牧師若有所思地點點頭。

「我明白你的意思，訃聞上說，人人都為死者感到難過和惋惜，但實際上恐怕不是那麼回事。就拿亨伯比醫生的死來說，他的合夥人托馬斯醫生的地位當然會因此大大提升。」

「為什麼呢？」

「我認為托馬斯是個很能幹的人，當然亨伯比醫生也一直這麼說，但他在這裡一直沒能出人頭地，我想多少是因為大家對亨伯比的好感而相對埋沒了他。在這方面，相形之下，托馬斯就遜色多了，病人對他壓根就沒有什麼好印象。我想他對此也很擔心，這麼一來反而害他變得更緊張、舌頭更容易打結。事實上，我已經注意到一些變化。如今托馬斯更泰然自若，也更有個性，我覺得他開始重拾信心了。他與亨伯比一向不和，他完全贊成使用新療法，而亨伯比卻寧可使用傳統療法。他們為此以及其他一些重大問題發生過幾次衝突，不過關於這些事情，我不該多嘴。」

布莉姬溫柔而清晰地說：「但是我覺得菲茨威廉先生很想聽你多聊聊。」

陸加不安地迅速看了她一眼。

韋克先生猶豫地搖搖頭後，又微笑著用不贊成的口吻說：「我覺得人們實在太愛管別人的閒事了。羅絲·亨伯比是個很漂亮的女孩，難怪傑佛瑞·托馬斯會對她一見傾心。亨伯比的看法也是完全可以理解，那女孩太年輕，而且一直住在這裡，與外界隔絕，沒有什麼機會接觸別的男人。」

「他反對？」陸加問。

「完全反對，說他們倆都太年輕了。年輕人當然不愛聽這些話，所以兩個男人彼此都冷若冰霜。可是我敢說，托馬斯醫生對他合夥人的意外死亡一定很難過。」

「費菲德勳爵告訴我是敗血症。」

「對，只是一點點劃傷引起的感染。菲茨威廉先生，幹醫生這一行往往要冒很大的風險。」

「確實如此。」陸加說。

韋克先生忽然說：「我實在扯得太遠了，恐怕變成了長舌老頭。我們剛才是在談論殘存的異教徒殯葬習俗以及最近本地有哪些人去世，對吧？有列薇娜．平克頓，她最熱心幫助教會了。還有那個可憐的女孩艾蜜．吉布司，或許你可以由此發現一些令你感興趣的東西，菲茨威廉先生，你知道，有人懷疑她可能是自殺，在這方面有些很怪異可怕的儀式。她有個姑姑，我覺得口碑不太好，也不大喜歡她的侄女，不過很健談。」

「這倒很有價值。」陸加說。

「還有湯米．皮爾思，他曾經參加過唱詩班，唱的高音非常甜美，有如天籟，不過其他方面就不像他的聲音那麼好了。因此我們最後只好請他離開，免得其他孩子被他帶壞。可憐的孩子，恐怕大家都不太喜歡他，我們本來幫他在郵局找了份電報生的工作，可是他後來被解雇了。他也在艾博特先生的事務所待過一陣子，但沒多久又被辭退了……聽說是弄丟了一些機密文件。當然，後來他在亞許莊園待過一段時間，在花園裡幫忙，是吧，康韋小姐？可是他實在太放肆了，費菲德勳爵只好解雇他。我真替他母親難過，她是一個非常正派、勤勞的婦女。溫弗利小姐好心替他找了個擦窗戶的臨時工，一開始費菲德勳爵很反對，後來又出人意料地同意了。其實，如果當初費菲德勳爵不同意就好了。」

「為什麼？」

「那孩子就是因為這份工作而死的。當時他正在擦圖書館的窗戶……你知道，就是在那棟舊房子的頂層，不知道他發了什麼瘋，竟然在窗檻上面跳起舞來什麼的，接著一不小心失去平衡（要不然就是頭暈）掉了下來，真是慘不忍睹！摔下去之後，他就沒再甦醒，送到醫院幾小時後就死了。」

「有沒有人看見他掉下去？」陸加頗感興趣地問。

「沒有，他在擦花園那邊的窗戶，不是圖書館的正面。有人判斷，他跌下來大約半小時後才被人發現。」

「是誰發現的？」

「平克頓小姐，你還記得吧，就是我剛才提到的那位不久前過馬路不幸被車撞死的女士。真可憐！她感到非常不安。碰到這種事真叫人噁心。她獲准到花園裡為一些植物剪枝，結果發現那孩子躺在他掉下來的地方。」

「她一定非常不舒服、非常震驚。」陸加若有所思地說，同時心想：「比你所知道的更震驚。」

「年輕人夭折是一件非常令人難過的事。」牧師搖搖頭說，「湯米的錯，恐怕得歸咎於他的肆無忌憚。」

「他是個令人討厭的小惡棍。」布莉姬說，「你知道，韋克先生，他總是折磨小貓、走失的小狗，還會搶奪其他小男孩的東西。」

「我知道，我知道。」韋克先生難過地搖搖頭。「但你也曉得，親愛的康韋小姐，有時候殘酷的個性與其說是天生，還不如說是因想像力不成熟所造成。所以你如果用一個小孩的心態來看待大人，就會發現一個狂人或許絲毫不會意識到自己的狡詐和殘忍。我相信，現在世界上大多數殘忍、淫蕩的行為，都是由於某些方面不夠成熟的人所造成的。人必須拋開孩子氣的東西……」

他搖搖頭，攤開雙手。

布莉姬突然用嘶啞的聲音說：「是的，你說得對，我明白你的意思，一個幼稚的大人，實在是世界上最可怕的事。」

陸加有點好奇地看著她。他相信她是意有所指，雖然費菲德勳爵在某些方面非常孩子氣，但是陸加覺得她不是指他。費菲德勳爵有點荒唐可笑，但是他並非那麼可怕。

陸加．菲茨威廉很困惑，想知道布莉姬指的是誰。

05

拜訪溫弗利小姐

韋克先生又自言自語地輕聲說了幾個名字。

「讓我想想看。可憐的羅絲太太、老貝爾、俄金斯家的孩子、哈里・卡特，你知道，他們並不都是我的教民，羅絲太太和卡特就不信國教。還有可憐的老班・史坦伯里在三月寒流來襲時也去世了……他已經九十二歲高齡了。」

「艾蜜・吉布司是四月死的。」布莉姬說。

「是的，可憐的女孩，那是個可悲的錯誤。」

陸加抬起頭，發現布莉姬正注視著他，但她很快便垂下眼簾。他有點不快地想：「一定還有什麼事瞞著我，和那個叫艾蜜・吉布司的女孩有關的事。」

與牧師道別出來之後，他說：「艾蜜・吉布司究竟是誰，是幹什麼的？」

布莉姬沉默了一兩分鐘才回答：「艾蜜是我所見過最無能的女傭。」

陸加注意到她的聲音有點不自然。

「所以她才被辭掉？」

「那倒不是，是因為她和男朋友出去玩，徹夜不歸。戈登很古板，很守舊，他認為晚上十一點還不回家，那就是罪過了。他警告過她，但她置若罔聞！」

陸加問：「她是不是長得很好看？」

「非常漂亮。」

「她就是那個錯把帽漆當成咳嗽藥水喝下去的女孩？」

「對。」

「這樣做實在有點傻。」陸加有點冒昧地說。

「太傻了。」

「她笨嗎？」

「不，相當精明。」

陸加偷偷看了她一眼，覺得迷惑不解。她回答的口氣很平靜，不帶任何感情或興趣，可是他相信，她的話裡一定暗示著什麼。

這時，布莉姬停下腳步和一個摘下帽子、熱心和她打招呼的高個子男人說話。布莉姬與對方寒暄過後，介紹陸加道：「這是我的表哥菲茨威廉，現住在亞許莊園。他到這兒來想寫一本書。這是艾博特先生。」

陸加饒有興致地打量著艾博特先生。這就是那位曾經雇用過湯米・皮爾思的律師。整體而言，陸加對律師沒什麼好感，那是因為許多政客都當過律師，此外，陸加討厭他們謹慎小心，從不做出承諾的習慣。然而，艾博特先生一點也不像普通律師，既不瘦也不沉默寡言。他身材高大，氣色很好，穿著花呢套裝，對人非常熱情，神情愉快，感情奔放。他眼角已經有些細小的皺紋，眼睛也比乍看之下要顯得精明。

「你在寫書，對吧？是小說嗎？」

「民間傳說。」布莉姬說。

「你可找對地方了。」律師說，「這裡很有意思，無奇不有。」

「別人也這麼說，我想是吧。」陸加說，「或許你能幫我一些忙。你一定碰到過離奇古怪的事或者殘存、有趣的習俗吧。」

「哦，我不大清楚，也許，也許有吧。」

「你相信這裡鬧鬼嗎？」陸加問。

「這個我不好說……我真的不好說。」

「沒聽說過鬼屋？」

「不，沒聽說過。」

「對了，還有關於小孩的迷信傳說。」陸加說，「據說一個男孩如果死於非命，通常會變成殭屍，可是女孩子不會，很有意思。」

「太有意思了，」艾博特先生說，「我從來沒有聽說過。」

那是意料之中，因為這根本就是陸加編造的故事。

「好像有一個男孩——叫湯米什麼的——曾經在你的事務所做過事，我有理由相信別人一定認為他變成了僵屍。」

艾博特先生紅潤的臉色顯得有點發紫。

「湯米．皮爾思？他簡直是個廢物，好管閒事的淘氣鬼。」

「鬼魂似乎總是搞些惡作劇。遵紀守法的良民死後很少再打攪這個世界。」

「誰看見他變成殭屍了？怎麼說的？」

「這種事情要證實很困難，」陸加說，「任誰也不會光明正大地說，恕我直言，這不過只是謠傳。」

「對，對，我想是吧。」

陸加又巧妙地換了話題。

「真正能聽到人家談論的人就是當地的醫生，他們給病人看病的時候，可以聽到不少消息……各種迷信啦、符咒啦、可能還有春藥以及其他等等。」

「你應該去找托馬斯，他是個好人，很能跟得上時代，不像可憐的老亨伯比。」

「他有點保守，不是嗎？」

「頑固透頂！可以說是死硬派。」

「你們曾經為了用水計畫大吵一頓，不是嗎？」布莉姬說。

艾博特先生的臉又脹得通紅。

「亨伯比死命阻擋一切進步的事物，」他尖聲地說，「他堅決反對那個計畫！說話也很粗魯，口無遮攔的，他說的一些話可以用來起訴他！」

布莉姬喃喃道：「但是律師絕對不會打官司，對吧？他們知道還有更好的辦法。」

艾博特開懷大笑，他的怒氣來得快，去得也快。

「沒錯，布莉姬小姐！你說得太對了，我們搞法律的對法律實在是太了解了。哈！哈！對了，我該走了。你要是覺得有什麼事情需要我幫忙，儘管打電話給我。呃……叫什麼先生來著？」

「菲茨威廉。」陸加說，「多謝，如果有必要，我一定會找你。」

布莉姬一邊走一邊說：「我看得出來你用的方法是投石問路。」

「你是不是覺得，嚴格說來，我的方法不太坦誠？」陸加說。

「我的確有這種感覺。」

陸加有點不安，不知道下一步說什麼好。這時布莉姬先開口了。

「如果你還想要了解更多有關艾蜜．吉布司的事，我可以帶你去見一個人，她可以幫你的忙。」

「誰？」

「一個叫溫弗利的小姐。艾蜜離開亞許莊園之後，曾經到她那兒做過事。她死的時候還在那兒當差。」

「哦，我明白了。」他感到有點意外。「非常感謝你。」

「她就住在這裡。」

他們穿過村中草坪，布莉姬點頭指著陸加日前曾經注意到的那棟喬治王朝風格的大房子說：「那是威奇府第，現在變成圖書館了。」

圖書館旁邊那間小屋子和圖書館一比，看起來就像娃娃屋一樣。它的台階白得耀眼，門環閃閃發光，白色的窗簾顯得一本正經。

布莉姬推開大門，走上台階。

這時前門開了，一個上了年紀的婦女出來應門。

陸加覺得她一派典型鄉下老小姐的模樣，瘦弱的身軀上，整齊地穿著花呢外套和裙子，另外還套了一件灰色絲上衣，別著一枚煙晶寶石胸針。一頂精心製作的氈帽，端端正正地戴在她優美的頭型上。她的面容很愉快，夾鼻眼鏡後面露出一對聰明的眼睛。

「你好，溫弗利小姐。」布莉姬說，「這是菲茨威廉先生。」陸加欠身施禮。「他在寫一本有關死亡、鄉下風俗和一般可怕習俗的書。」

「噢！」溫弗利說，「真是太有趣了。」

她對他滿臉堆笑，以示鼓勵。

他不禁想起了平克頓小姐。

「我想，」布莉姬說（他又注意到了她用那種平淡得出奇的口氣說話），「也許你可以告訴他一些有關艾蜜的事。」

「哦？」溫弗利小姐說，「艾蜜的事？對了，是艾蜜．吉布司。」

他發現她顯露出一種新的表情，似乎想要好好打量他。

接著，她似乎下定了決心，回頭走近門廳說：「請進來吧，我可以晚一點再出去。」陸加表示歉意，她又說：「沒關係，沒關係，其實沒有什麼要緊的事，只是上街買點小東西。」

狹小的客廳非常整潔，帶著點過薰衣草的薰香味。壁爐台上擺放著德勒斯登男女牧羊人細瓷，瓷偶甜甜地傻笑著。牆上還掛著幾幅加框的水彩畫、兩幅展示手藝的刺繡樣品、三幅刺繡圖案。此外，還有一些顯然是侄兒、侄女的照片、一張十八世紀設計師齊本岱爾式的上好書桌、幾張東印度椴木茶几，以及一張又醜又不好坐的維多利亞時代風格的沙發。

溫弗利請客人坐下之後，用抱歉的口氣說：「我不抽菸，所以家裡也沒準備，不過要是你們想抽菸的話，請自便。」

陸加婉謝了主人的善意，但布莉姬卻迅速點起一根菸。

溫弗利小姐在一張有雕花扶手的椅子上正襟危坐，打量了客人一會兒，然後似乎滿意地垂下眼簾，說：「你想知道艾蜜那個可憐女孩的事，對吧？那件事實在很慘，我難過極了。真是個悲劇性的錯誤。」

「有沒有人懷疑她是……自殺的？」陸加問。

溫弗利小姐搖搖頭。

「沒有，沒有，我根本就不相信，艾蜜絕不是那種人。」

「那她是什麼樣的人呢？」陸加率直地問，「我想聽聽你對她的看法。」

溫弗利小姐說：「哦，當然，她根本不是一個好傭人，不過這年頭能雇到人就該謝天謝地了。她對工作很馬虎，老想溜出去。不過，她確實很年輕，現在的女孩都這樣。她們好像不知道自己的時間是屬於雇主的。」

陸加裝出同情的樣子，溫弗利小姐繼續說：「我不喜歡她這種膽大妄為的女孩。當然啦，既然人已經去世，我就不多說了，雖然人們覺得對死者說三道四很不敬，但是我認為這不該成為掩蓋事實真相的理由。」

陸加點點頭，他發現溫弗利小姐與平克頓小姐的區別，在於前者的頭腦更有邏輯，思維也更敏捷。

「她喜歡別人誇獎她，」溫弗利接著說，「老是認為自己很了不起。那家新開張的古玩店老闆愛渥西先生——他真是個紳士，有時會畫些水彩畫——給那個女孩畫過一兩張頭像素描。我想，因為這事，她就想入非非、得意忘形了。她常和她的未婚夫哈維吵架。他在汽車修理廠當技師，非常喜歡她。」溫弗利稍事停頓，又說：「我永遠忘不了那個可怕的夜晚，艾蜜不大舒服，咳嗽得很厲害……誰叫她要穿那些可笑又便宜的長筒絲襪和紙鞋底的鞋子，當然會著涼啦。那天下午她去看過醫生。」

陸加急促地問：「是亨伯比醫生還是托馬斯醫生？」

「托馬斯醫生。他給她開了一瓶咳嗽藥帶回家，一種對人完全無害的藥水。她很早就上床睡了，大概早晨一點左右，我突然聽到一陣像要窒息似的可怕尖叫。我上樓去看她，可是門從裡面反鎖著。我叫她，但是沒人回答。當時廚師也和我在一起，我們兩人都手足無措，於是又走到大門，幸好本地的警官李德巡邏經過，我們立刻叫住他。他繞到房子的後面，設法爬上外屋的屋頂，她窗戶沒關，所以他輕而易舉就爬進去把門打開。可憐的女孩，真是太慘了！醫生也束手無策，幾小時後，她就死在醫院了。」

「死因是……什麼帽漆的嗎？」

「對，他們說是草酸中毒，瓶子和咳嗽藥水的瓶子差不多大。咳嗽藥水放在盥洗盆上，而那瓶帽漆在她床邊。她一定是在黑夜中拿錯了瓶子，然後把它放在床邊，等到不舒服時可以吃點藥，警方驗屍時就是這麼說的。」

溫弗利小姐停下來，用精明睿智的山羊眼睛看著他，他知道她的眼神裡暗示著某些重要的東西。他覺得她隱瞞了一部分的情況，但基於某種原因卻希望他體會得出。

大家沉默著，一段相當長且令人難堪的沉默。陸加覺得自己像個忘了台詞的演員，最後只得勉強地說：「你覺得她並不是想自殺？」

溫弗利小姐馬上說：「當然不是啊，如果她存心想要尋死的話，應該會去買點別的什麼東西來自殺。可是那瓶玩意兒她已經放了好多年，而且我說過，無論如何，她不是那種會自殺的女孩。」

「那麼你……怎麼看呢？」陸加率直地問。

溫弗利小姐說：「我覺得這件事太不幸了。」

然後她閉上嘴，熱切地看著他。

陸加正想努力說些順耳的話時，發生了一件意想不到的事。門上忽然響起一陣搔抓聲和哀怨的貓叫聲。溫弗利小姐跳起來打開門，一隻橘色的大波斯貓走了進來。牠停下腳步，用不友善的目光打量來客，然後縱身跳上溫弗利小姐椅子的扶手。溫弗利小姐用愛憐的聲音對牠說：「哦，老吥！我的寶貝老吥，今天一早都到哪兒去了？」

老吥這個名字聽起來有點耳熟，陸加到底是在什麼地方聽人說過一隻名叫老吥的波斯貓呢？他說：「好漂亮的貓！你養很久了嗎？」

溫弗利小姐搖搖頭。

「沒多久，這本來是我的老朋友平克頓小姐養的。她被一輛可怕的汽車撞死了，我當然不能讓老吥給陌生人養，不然的話，列薇娜若地下有知一定很不放心。她簡直太寵愛這隻貓了，牠的確很漂亮，不是嗎？」

陸加極力誇獎了那隻貓一番。

溫弗利小姐說：「小心別碰著牠的耳朵，那裡最近一直在疼。」

陸加小心翼翼地撫摸著貓兒。布莉姬站起來說：「我們該走了。」

溫弗利小姐與陸加握握手，說道：「或許不久我們還會再見面。」

陸加愉快地說：「但願如此，我想一定會的。」

他覺得她顯得很困惑，他有點失望。她瞥了布莉姬一眼，那是帶著疑問的迅速一瞥。陸加覺得這兩個女人之間有某種默契，而他卻被蒙在鼓裡。他很生氣，但是他決心很快要弄個水落石出。

溫弗利小姐送他們出門，陸加在台階的頂層站了一會兒，用欣賞的目光觀看著村中那塊整潔的草坪和鴨池。

「這地方一點也沒有受到塵世的騷擾，真是奇怪。」他說。

溫弗利興高采烈地說：「是啊，對極了！和我小時候的記憶一模一樣。你知道，我們本來住在威奇府第，可是到了家兄當家的時候，他不喜歡住在那兒——不好意思，說實話，是開銷太大——於是就只好把它賣了。一位建築商出價買下來，打算『開發土地』，我想他是這麼說的。幸好費菲德勳爵出面買下來，挽救了那棟房子。他把它改成圖書館和博物館，不過一切都保持原來的樣子。我在那裡當圖書管理員，每週去兩次，當然，是無給職。那種重回舊家園的感覺實在難以形容，而且知道它不會被摧毀的心情令人很愉快。那裡的環境真的太好了，菲茨威廉先生，改天你一定要到我們的小博物館去參觀一下，有些本地的陳列品非常有意思。」

「我一定會去參觀的，溫弗利小姐。」

「費菲德勳爵是亞許威奇伍的大恩人，」溫弗利小姐說，「但令人痛心的是，有些人偏偏不懂感激，真是可悲。」

她緊抿著嘴，陸加謹慎地不再發問，再一次向女主人道別。

走到門外之後，布莉姬說：你是想再搜集一些其他材料，或者我們不妨沿著河邊散步回家如何？我們可以欣賞兩岸的美景。」

陸加迅速答道：「我們就沿著河邊繞回去好了。」

他不想讓她在旁聆聽著他做進一步的調查。

他們先走過大街，在最後那間掛著一塊舊金字招牌「古玩」的屋子前，陸加停下腳步，從窗口打量冷清的屋裡。

「那邊那件上釉的陶盤挺不錯的，我姑姑一定很喜歡，不知道要多少錢？」

「要不要進去瞧瞧？」

「你不介意嗎？我很喜歡沒事逛逛古玩店，有時候可以買到價廉物美的東西。」

「我想在這裡不大可能，」布莉姬冷淡地說，「我敢說，愛渥西對他店裡東西的價值一清二楚。」

店門開著，大廳裡有些長椅子和櫥櫃，上面擺著瓷器和錫器皿。兩邊各有一個擺滿貨品的陳列室，陸加走進左邊那間，拿起陶盤。屋子後邊有個人坐在安妮王朝風格的胡桃木桌子旁邊，這時起身走向前來。

「噢，親愛的康韋小姐，見到你真高興。」

「你好，愛渥西先生。」

愛渥西先生是個講究穿戴的年輕人，穿著紅褐色的套裝。他有張蒼白的長臉，嘴巴像女子般秀氣，一頭長黑髮饒富藝術氣息，走起路來扭捏做作。

布莉姬介紹過陸加之後，他的注意力馬上轉到陸加身上。

「這是正宗的英國上釉古陶器，很精緻，對吧？我愛我這些零碎玩意兒，很不想賣掉它們。我一直夢想住在鄉下，開一家小店，亞許威奇伍是個很棒的地方，這裡有那種氣息……希望你懂我的意思。」

「藝術家脾氣。」布莉姬喃喃道。

愛渥西轉身用白皙修長的手對她揮了揮說：「不要用那種可怕的字眼，康韋小姐，我可受不了。你是知道的，我不蒐集手工的花呢服裝和錫器皿，我是個商人，僅此而已，只是個商人。」

「不過，你真的是藝術家，不是嗎？」陸加說，「我是說你會畫水彩畫，對吧？」

「那是誰告訴你的？」愛渥西先生兩手緊握，大聲問道，「這個地方真不錯，沒有一個人守得住祕密！這就是我喜歡這裡的原因。它完全不像一個毫無人性的城市，那裡的人都是自掃門前雪，休管他人瓦上霜！流言蜚語、惡意中傷和醜聞等等真是有趣……只要你用正確的心態來看待它們。」

陸加只想著回答愛渥西的提問，而對他後面說的話一點也沒注意。他說：「溫弗利小姐說你曾經為一個女孩畫過素描，她是艾蜜．吉布司吧？」

「哦，艾蜜呀。」愛渥西先生說。

他後退一步，不小心碰倒一個啤酒杯，他小心翼翼地把它放穩了，又說：「是嗎？哦，沒錯，我想我確實畫過。」

他似乎有點站立不穩。

「她很漂亮。」布莉姬說。

愛渥西先生又恢復了鎮定自若的神色。

「哦，你認為她漂亮？可我一直覺得她很平常。如果你對上釉陶器感興趣，」他接著對陸加說，「我還有一對陶製小鳥，很好看。」

陸加表示對鳥沒多大興趣，又問了問陶盤的價格，愛渥西說了一個數目。

「謝謝你，」陸加說，「但我實在不想奪人所愛。」

「你知道，每次東西沒賣出去，我就覺得很欣慰。」愛渥西說，「我是不是有點傻？聽我說，我願意降低一基尼[3]，我看得出來，你喜歡這東西，這樣一來我就沒什麼好遺憾的了，畢竟，這是家商店。」

「不用了，多謝。」陸加說。

愛渥西先生送他們到門口，向他們揮手告別。陸加覺得他那雙手看著令人非常不舒服，手的血色與其說是白的，還不如說是略呈綠色。

陸加和布莉姬走遠一些之後，陸加說：「愛渥西還真難纏。」

「我敢說，他還是個思想和行為都古怪的人。」布莉姬說。

「那他究竟為什麼到這樣的地方來？」

「我知道他對巫術頗有涉獵，不盡然是崇拜撒旦的黑彌撒，但是也相去不遠。」布莉姬說，「再加上這地方的名聲，就更像真有那麼回事了。」

陸加有點笨拙地說：「我的天，我想他正是我所需要的人，我看我應該就這方面跟他聊一聊。」

「是嗎？」布莉姬說，「他對那些事很在行呢。」

陸加稍帶不安地說：「我改天再去拜訪他。」

布莉姬沒有回答。他們現在已經走出了村子，她拐進一條小路，不一會兒他們就來到了河邊。

他們在那兒遇到一個身材矮小、留著硬髭、有雙金魚眼的男人。他帶著三隻牛頭犬，正

3　基尼是英國的舊金幣。

大聲粗魯地……叫喚著那三隻狗。

「尼羅，過來，先生！內利，扔掉！扔掉！我叫你扔掉！奧古斯塔，奧古斯塔，我叫你……」

見到布莉姬，他停止喊叫，向她舉帽示意，然後用像要把人吃掉似的好奇眼神盯著陸加，最後又繼續向那些牛頭犬吼叫著離開了。

「是霍頓少校和他的牛頭犬？」陸加問。

「沒錯。」

「今天上午我們幾乎見過亞許威奇伍所有的重要人物了吧？」

「對極了。」

「我覺得太唐突了點，」陸加說，「我還以為任何陌生人到了英國鄉下，都一定會被人敬而遠之。」

他想起了吉米．羅里莫的話，感到有點沮喪。

「霍頓少校從來都不會掩飾他的好奇心，」布莉姬說，「他直直盯著人看，真是讓人受不了。」

「那種人不管走到哪兒，一看就知道當過少校。」陸加有點刻薄地說。

布莉姬突然說：「我們在河邊坐一下吧，時間還早得很。」

他們坐在一棵伐倒的樹幹上。布莉姬接著說：「是的，霍頓少校軍人味十足，房間收拾得有條不紊，你也許不相信，一年前，他還是世界上最怕老婆的妻管嚴！」

「什麼？你說他？」

「是啊，他娶了一個世界上脾氣最壞的女人當太太，她很有錢，在公開場合也向來毫不忌諱地表現出來。」

「可憐的傢伙……我是說霍頓少校。」

「他在她面前表現得非常好，永遠是一副軍官和紳士的派頭。就我個人而言，我倒很納悶他有沒有對她動過粗。」

「我想她一定不怎麼受歡迎。」

「大家都不喜歡她。她斥責戈登，對我擺臭架子，大致上，無論她走到哪兒都很不受歡迎。」

「我想一定是大慈大悲的老天爺把她召回了？」

「對，大約在一年前，她得了急性胃炎，把她丈夫、托馬斯醫生以及兩名護士折騰了一番，不過最後總算死了，牛頭犬立刻歡欣鼓舞。」

「畜生也是很聰明的。」

兩人沉默不語，布莉姬無所事事地拔著長雜草，陸加也視而不見地朝著河對岸皺眉，此行似夢似真的目的又困擾著他。到底那有多少成分是事實，多少是想像呢？

把你見到的陌生人都當成殺人嫌犯來調查，是否不太妥當？這種觀點實在不怎麼高明。

陸加想：「去他的！大概是我警察當太久了吧！」

布莉姬冰冷清晰的聲音把他嚇了一跳，使他停止了沉思默想，她問：「菲茨威廉先生，你到這裡來究竟要幹什麼？」

06 帽漆

陸加本來正要劃火柴點根菸，她這突如其來的一句話，害他的手停住了。他文風不動地呆了一兩秒鐘，火柴燒到他的手指。

「真該死！」陸加扔掉火柴，使勁甩甩手說，「對不起，你嚇了我一大跳。」

說完，他苦笑了一下。

「是嗎？」

「是的。」他嘆了口氣說，「想必任何聰明人一眼就能看穿我了。我之前瞎掰什麼想寫一本民間習俗的書，你大概從來就沒有相信過吧？」

「第一眼見到你，我就知道是假的。」

「我來到這裡之前，你卻以為是真的？」

「對。」

「你不相信我的說法，我無所謂，」陸加有點不滿地說，「我是說，任何人都可能會想寫一本書，不過我猜我來這裡並冒充你的表哥，這讓你起了疑心？」

布莉姬搖搖頭說：「不是，我不是這麼想的，我只是猜測你可能手頭拮据——我和吉米的許多朋友都這樣——我想是他出了這麼一個冒充表哥的餿主意，這樣就不會傷了你的自尊心。」

「不過，我到了這裡之後，」陸加說，「我的外表馬上讓人覺得我滿有錢，所以你的揣測就不成立了？」

她撇了撇嘴，淡淡一笑說：「不對，不是那麼回事。其實很簡單，你看起來根本就不是來寫書的。」

「你是說我不像有寫作才華的人？你直說好了，我寧可知道真相。」

「你或許會寫書，但寫的絕不是那種書，有關什麼古老的迷信、鑽研過去的事物等等，絕對不是！對你這種人來說，過去的事情算不了什麼，或許連將來也不要緊，只有現在才是最重要的！」

「嗯，我明白了。」他做了個鬼臉，又說：「可惡！我來到這裡之後，你就一直讓我覺得很緊張！你看起來很聰明，真讓人受不了。」

「真抱歉！」布莉姬平淡地說，「你原本希望我是什麼樣子？」

「嗨，我從來就沒想過。」

她平靜地接著說：「一個傻乎乎的小女孩，只知道抓住機會嫁給老闆？」陸加發出一記慌亂的聲音，她用感到有趣的冷靜目光看著他說：「我很了解，沒關係，我不會生氣。」

陸加厚著臉皮說：「好吧，也許和這差不多，但我沒有多想。」

她緩緩地說：「是的，你不會，你要等火燒眉毛了才會著急。」

陸加非常沮喪地說：「唉，毫無疑問，我的表演很蹩腳，費菲德勳爵是不是也看穿了我呢？」

「沒有，不過要是你說你來這裡研究水生甲蟲的習性，並且打算寫一部有關甲蟲的專書，你就不必擔心他，他很容易上當受騙。」

「問題是，我很不會騙人！我一副手足無措的樣子。」

「我看得出來，是我在這裡礙手礙腳，害你施展不開。」布莉姬說，「老實說，這讓我覺得滿有趣的。」

「唉，真是的！聰明的女人總是既無情又殘酷。」

布莉姬喃喃道：「人活著就得盡情享樂！」停了一分鐘，她又說：「你為什麼來這兒，菲茨威廉先生？」

繞了一大圈，話題又回到原來的問題上了，陸加早就想到一定會這樣。現在，他終於下定了決心。他抬頭看著她，她那雙探詢的敏銳眼睛正在冷靜安定地與他對視著。她眼裡有一種意想不到的嚴肅神色，於是他若有所思地說：「我以後再也不向你說任何謊了。」

「如此更好。」

「可是目前的事實使人有點尷尬。告訴我，你自己是不是已經有了什麼想法？我的意思是說，你有沒有猜想過我來這裡的目的？」

她若有所思地緩緩點點頭。

陸加又說：「你是怎麼想的，能不能告訴我？我想這也許會對我有幫助。」

布莉姬平靜地說：「我覺得你到這裡來一定與那個叫艾蜜·吉布司的女孩的死有關。」

「那你說對了！每次提到她的名字，我就有一種異樣的感覺，所以我知道這件事背後一定有什麼祕密。你覺得我是為這件事來的？」

「難道不是嗎？」

「從某方面來說，是的。」

他皺眉沉默著，布莉姬靜靜坐在他身旁不發一語，免得打斷他的思緒。

他終於下定決心。

「我到這裡來，是想追查一件可能是徒勞無功的事……一件很不可思議、而且或許是很荒唐可笑的假設。艾蜜·吉布司也與這件事有關，我想查出她究竟是怎麼死的。」

「嗯，我也這麼想。」

「真該死，為什麼你也這麼想？她的死到底有什麼可疑之處，竟然會引起你的注意？」

布莉姬說：「我一直覺得她的死有點不大對勁，所以就帶你去見溫弗利小姐。」

「為什麼？」

「因為她與我有同感。」

「噢！」陸加迅速地回想了一下，現在他終於明白那個聰明的老處女為何好像有隱情。

「她和你一樣覺得……艾蜜的死有點奇怪？」布莉姬點點頭，陸加又說：「究竟是為什麼呢？」

「首先是帽漆的問題。」

「帽漆？你指的是什麼？」

「大約二十年前，人們的確用帽漆……這個季節你戴粉紅色的帽子，下一季，只要一瓶帽漆就可以把它變成深藍色，再下一季，也許換一種帽漆，又可以變成黑色，可是現在不同了，帽子便宜得很，等到不流行的時候，這種俗麗又不值錢的東西扔掉就是了。」

「連艾蜜・吉布司那種階層的女孩子也毫不例外？」

「我比她還更可能用帽漆呢，節儉早就不流行。還有一點，那瓶帽漆是紅色的。」

「哦？」

「艾蜜・吉布司本身就是紅頭髮。」

「你的意思是，它們不相配？」

布莉姬點點頭。

「你留著紅頭髮還會戴鮮紅色的帽子嗎？一個男人是不會明白這種事的，不過……」

陸加意味深長地打斷她的話。

「對，男人不懂這些，一切都符合事實……一切都完全符合事實。」

布莉姬接著說：「吉米在蘇格蘭警場有些古怪的朋友，你該不會是……」

陸加立刻說：「我不是官方警探，也不是在倫敦貝克街開事務所的著名私家偵探。就像吉米告訴你的，我只是從東方退休的警察。我之所以插手這件事，是因為我搭火車去倫敦的路上，發生了一件奇怪的事。」

於是他簡要地說出和平克頓小姐的談話內容，以及後來所發生的事，所以他就到亞許威奇伍來了。

「你看！」他最後說，「這件事太不可思議了！我到亞許威奇伍，是為了找一個人，一個神祕殺手，一個很可能是大家都認識而且尊敬的人。要是平克頓小姐說的沒錯，還有你和那位……呃，姓什麼的小姐也沒錯，那麼就是這個人殺了艾蜜．吉布司。」

布莉姬說：「我明白了。」

「我想，也有可能是從屋外下手的吧？」

「對，我也這麼想，」布莉姬緩緩地說，「李德警官就是從旁邊的小屋爬上她窗台的。窗子開著，爬上去是要費點工夫，但任何手腳比較靈活的男人想爬上去都不難。」

「爬上去之後，他又幹了些什麼呢？」

「把咳嗽藥水換成帽漆。」

「希望她半夜醒來的時候喝下去，大家就會說她拿錯了或者是自殺。」

「對。」

「驗屍時警方不懷疑是有人謀殺嗎？」

「沒有。」

「我想又是因為男人的緣故吧。沒人想到帽漆有問題？」

「沒有。」

「但是你卻想到了？」

「對。」

「溫弗利小姐也想到了？你們有沒有一起討論過？」

布莉姬微微一笑，說：「沒有，至少沒有像你所說的那樣討論過。我是說，我們都沒有說出口。我真的不知道那個老小姐心裡到底是怎麼想的。也許她最初只是有點擔心，後來愈想愈覺得不對勁。你知道，她很聰明，上過或想上格頓公學，年輕時思想比較新潮。她不像這裡大部分人那麼迷迷糊糊。」

「我想，平克頓小姐就相當糊塗，」陸加說，「所以我剛開始一點也沒有把她的話當一回事。」

「我一直覺得她非常精明，」布莉姬說，「那些愛說長道短的老小姐們，從某方面來說大都很精明。你說她還提到過什麼人？」

陸加點點頭。

「對，一個小男孩——湯米．皮爾思，我一聽到這個名字就想起來了。此外我非常肯定，她還提到過卡特。」

「卡特、湯米．皮爾思、艾蜜．吉布司、亨伯比醫生，」布莉姬若有所思地說，「正如你所說的，這件事簡直有點太不可思議了，令人難以置信。究竟誰想要除掉這些人呢？他們之間毫無共同之處！」

陸加問：「你知不知道為什麼有人要幹掉艾蜜．吉布司？」

布莉姬搖搖頭說：「想不出來。」

「卡特呢？順便問一下，他是怎麼死的？」

「掉進河裡淹死的。那天晚上霧很大，他喝得醉醺醺地回家，河上那座小橋只有一邊有欄杆，大家理所當然地認為他是酒醉失足淹死的。」

「可是別人也可能輕而易舉把他推下河？」

「沒錯。」

「湯米．皮爾思擦窗戶的時候，也可能是有人隨手一推，把他推下樓去。」

「也沒錯。」

「簡而言之，有人可以不費吹灰之力除掉三個人而不會引起別人的懷疑。」

「平克頓小姐就起了疑心。」布莉姬說。

「她的確這樣，上帝保佑她。她老是喜歡誇張或者想入非非。」

「她常常告訴我，這個世界充滿了邪惡。」

「我想你只是寬容地一笑置之。」

「而且還不屑一顧！」

「要是有人一大早就能相信六件不可能的事，便可不費吹灰之力贏得勝利。」

布莉姬點點頭。

陸加說：「我想就算我問你心裡有沒有可疑的人也沒用吧？亞許威奇伍沒有人讓你感到毛骨悚然，也沒有人長著奇怪的白眼珠，或者笑聲怪異可怖吧？」

「我覺得，在亞許威奇伍，我見到的每個人都很正常、正派、非常普通。」

「我猜你會這麼說。」陸加說。

布莉姬說：「你覺得這人一定是瘋了？」

「嗯，我想是的。那人確實很瘋狂，但是也很狡猾。你絕不會想到他或許是有地位的人，像是銀行經理什麼的。」

「是瓊斯先生？我當然想像不出他會殺那麼多人。」

「或許他就是我們要查的人。」

「誰都有可能，」布莉姬說，「肉店老闆、麵包師、雜貨商、農場工人、修路工人或者送牛奶的人。」

「也許你是對的，不過我覺得有嫌疑的範圍要窄得多。」

「為什麼？」

「平克頓小姐曾經提到過，這個人打量下一個要加害的目標時，會有一種奇怪的神情。從她說話的口氣，我覺得……聽我說，這只是我的感覺，她所說的那個人，地位至少和她不相上下，當然我也可能猜錯了。」

「或許你一點也沒錯，有時候我們對別人言談的弦外之音和微妙之處，只可意會不可言傳，但是這種感覺通常都不會錯。」

「你知道，」陸加說，「對你說出這一切之後，我心裡真是踏實多了。」

「我相信這樣一來或許你的阻力就少了些，而且我說不定可以幫幫你。」

「有你的幫助真是千金難求。你真的想查它個水落石出？」

「當然。」

陸加突然有點尷尬地說：「費菲德勳爵怎麼辦？你看要不要……」

「當然，我們不必告訴戈登。」布莉姬說。

「你是說他不會相信？」

「不，他會相信，戈登什麼事都會相信！要是我們告訴他，他也許會緊張得要命，堅持找幾個精明強幹的年輕人來保護他，攪得四鄰不安。他很喜歡這樣！」

「那就只好算了。」陸加表示同意。

「但這樣一來，我們就不能讓他得到單純的樂趣了。」

陸加看看她，好像要說什麼，最後又改變了主意，只看看手錶。

「對了，」布莉姬說，「我們該回去了。」

她站起身，氣氛突然變得有點緊張，彷彿陸加沒說出的話縈繞在空中，使人不安。

他們兩人一起默默地走回家。

07 各種可能性

陸加坐在自己的臥室裡。吃午飯時，安特魯瑟太太問起他在馬揚海峽的花園裡種些什麼花，又告訴他那種地方適合種什麼花。費菲德勳爵還發表了一大串有關「向年輕人表白」的談話。謝天謝地，現在他總算可以獨處一會兒了。

他拿出一張紙，寫下一連串名字：

托馬斯醫生
艾博特先生
霍頓少校
愛渥西先生
韋克先生

艾蜜的男朋友

肉店老闆、麵包師、蠟燭師傅等等。

然後又拿出一張紙，先寫上「被害者」這個標題，然後在它的下面寫道：

艾蜜．吉布司：被毒死

湯米．皮爾思：被人從窗口推下去

哈里．卡特：被人從小橋上推進河裡（是醉酒？下毒？）

亨伯比醫生：血液中毒

平克頓小姐：被車撞死

又加上：

羅絲太太

老班

頓了頓，再寫上：

霍頓太太

他看著這兩張名單，邊抽菸邊沉思了一會兒，再次拿起鉛筆寫道：

可能對托馬斯醫生不利的證據：亨伯比醫生之死顯然有很明確的動機，與後者之死，情況非常吻合……也就是說，用科學方法以細菌毒死。艾蜜．吉布司死亡當天下午也去看過他，他們之間可能發生過什麼事？敲詐嗎？湯米．皮爾思呢？目前還不知道有什麼聯繫。是不是湯米知道他和艾蜜．吉布司之間的祕密？哈里．卡特呢？沒有什麼線索。平克頓小姐到倫敦去的那天，托馬斯醫生是否不在亞許威奇伍？

陸加嘆了口氣，又擬了一段：

可能對艾博特先生不利的證據：他的為人華而不實（陸加覺得，當律師的人顯然非常可疑，這也許是他對律師的成見），和藹可親，這樣的人是偵探小說中最有可能的嫌疑犯。問題是，這不是小說，而是真實生活。謀殺亨伯比醫生的動機：他們之間存有明顯的敵意，亨伯比醫生蔑視艾博特先生。對一個精神不正常的人，這已經足以構成殺機。平克頓小姐一定不難看出他們之間的敵意。

湯米·皮爾思？他曾經偷看過艾博特先生的文件，是不是發現了什麼他不該知道的事？

哈里·卡特？沒有明顯的線索。

艾蜜·吉布司？也缺乏線索。但使用帽漆倒很合乎艾博特的心態……守舊的頭腦。平克頓小姐遇害的那天，艾博特是否不在村子裡？

可能對霍頓少校不利的證據：不知道他和艾蜜·吉布司、湯米·皮爾思、哈里·卡特有什麼關係。

霍頓太太呢？據說她是被砒霜毒死的，果真如此，其他人的死可能也跟這事有關……是敲詐？

注意：托馬斯醫生是她的家庭醫生，所以托馬斯又有了嫌疑。

可能對愛渥西先生不利的證據：他是個非常令人討厭的人，懂點巫術，可能是個嗜血成性的殺人犯。與艾蜜·吉布司有關係。和湯米·皮爾思以及哈里·卡特有關係嗎？現在還不知道。亨伯比醫生呢？也許看出愛渥西精神不正常。

平克頓小姐呢？平克頓小姐遇害的那天，愛渥西是否不在亞許威奇伍？

可能對韋克先生不利的證據：似乎很不可能。也許是宗教狂熱使然？覺得殺人是上帝的旨意？小說裡也有過那樣道貌岸然的老牧師……但這不是小說，而是現實人生。

注意：卡特、湯米、艾蜜都是十分不討人喜歡的人，也許是上帝下令要把他們除掉？

瓊斯先生：有關他的情況一無所知。

艾蜜的男朋友：也許有充足的理由除掉艾蜜，不過大體而言，不像是殺了這麼多人的凶手。

其他人：不列入考慮。

他又看了一遍這張名單，然後搖搖頭，緩緩輕聲道：「太荒唐了！要是歐基里得在世就好了。」

他把名單撕碎燒掉，自言自語道：「這件工作真不簡單。」

08 托馬斯醫生

托馬斯醫生仰靠在椅子上，用修長靈巧的手指摸摸他那濃密的金髮。他是個外貌讓人看不出年紀的青年，雖然他已三十開外了，乍看之下，還以為他才二十出頭。他那一頭蓬亂的金髮、略表驚訝的表情以及白裡透紅的膚色，使他看起來像是一個男學生。他外表看來雖然很嫩，但當他在診斷陸加染患風溼的膝部時，幾乎和一週前哈利大街那位著名專家的診斷完全一樣。

「謝謝你了，」陸加說，「既然你覺得電療有效，我就放心多了，我還不想這種年紀就變成瘸子。」

托馬斯醫生孩子氣地笑了笑，然後說道：「我想這種療法不會有什麼危險的，菲茨威廉先生。」

「嗯，你讓我放心多了，」陸加說，「我本來想去找一位專家看看，不過我現在相信用不著了。」

托馬斯醫生又微笑道：「要是你覺得那樣比較放心，不妨去看看，畢竟，聽聽專家的意見不會有錯。」

「不用，不用，我完全信任你。」

「坦率地說，這病一點也不複雜。你要是聽我的，我相信，你的病一定能根治。」

「醫生，你算是解除了我的後顧之憂。我一直很擔心會得關節炎，腳上纏滿繃帶，動彈不得。」

托馬斯醫生搖搖頭，稍稍寬容地笑了笑。

陸加迅速接著說：「人們在這些方面往往很容易感到害怕，我想你肯定了解這一點吧？我常常覺得，醫生應該會認為自己就像個巫師，因為對絕大多數的病人來說，他就像魔術師一樣。」

「信任往往占了很重的分量。」

「我知道，『醫生是這麼說的』這句話好像已經被人們奉為聖旨。」

托馬斯醫生聳聳肩，幽默地喃喃道：「要是病人都明白這一點就好了。」又說：「你在寫一本關於巫術的書，不是嗎，菲茨威廉先生？」

「咦！你是怎麼知道的？」陸加有點假裝驚訝地叫道。

托馬斯醫生似乎覺得挺有趣的。

「哦，親愛的先生，在這種地方，消息傳播得非常快，因為實在沒有什麼話題可以聊。」

「也許會被人過分誇大，改天說不定你又會聽說我在召喚鬼魂，並且和恩多的女巫鬥法呢。」

「奇怪，你竟然會這麼說。」

「為什麼？」

「因為有人謠傳說你已經召喚過湯米．皮爾思的鬼魂了。」

「皮爾思？就是那個從窗口掉下去的小男孩？」

「是的。」

「這……該從哪裡說起呢？對了，我和那位律師聊過幾句，他叫作什麼來著，是艾博特吧？」

「對，故事就是從他那裡傳出來的。」

「難道說，我已經讓一個精明能幹的律師相信世界上有鬼魂存在了？」

「這麼說，你自己相信有鬼魂了？」

「醫生，聽你的口氣，你好像不相信。不，不能說我真的『相信有鬼魂』，不過我確實知道一些奇怪的現象，例如有些人突然死亡或者暴斃。不過我更感興趣的，還是與暴斃有關的各種迷信……例如被謀殺的人不會在墳墓裡安息；還有人相信，凶手如果觸摸死去的被害者，死者的血就會流個不停。不知道這些傳說是怎麼來的？」

「很奇怪。」托馬斯醫生說，「只是我相信現在沒有多少人記得這些了。」

「當然比你想像的更多，但我想這裡也沒有什麼人被謀殺，所以很難判斷。」

陸加一邊說一邊微笑著，眼睛彷彿很隨便地看著對方的臉，但托馬斯醫生似乎仍然很鎮定，也對他微笑著。

「是的，我想我們這兒已經……哦，已經很多很多年沒有凶殺案了，起碼我這輩子沒碰過。」

「是啊，這地方非常安寧平靜，不可能有什麼暴行，除非……有人把那個叫湯米什麼的小男孩從窗口推下去。」陸加笑著說。

托馬斯醫生又帶著他那充滿孩子氣的歡樂，輕鬆地微笑說：「很多人都恨不得擰斷那孩子的脖子，但我想還不至於真的有人想把他從窗口推下去。」

「他好像很頑皮，令人很討厭，也許有人覺得除掉他是義不容辭，是為大家做了一件好事。」

「可惜這種理論只能偶爾引用一下。」

「我一向覺得，連續除掉幾個人對社會有益，」陸加說，「例如，應該用下毒的白蘭地把全俱樂部的討厭鬼除掉。還有那些口若懸河、將最要好的朋友貶得一無是處的婦女，背後誹謗別人的老處女和阻擋進步的老古董等。如果這些人毫無痛苦地被除掉，社會生活將會大大改觀！」

托馬斯醫生笑得咧開了嘴，說：「實際上，你是提倡大規模的犯罪了？」

「我是說明智而審慎地幹掉幾個，」陸加說，「難道你不認為這對社會有益嗎？」

「哦，毫無疑問。」

「哈，不過你在開玩笑，而我是認真的。我不像普通英國人那麼尊重人命，我的看法是，任何阻擋進步的人都該除掉。」

托馬斯醫生用手梳理他那頭金色亂髮說：「沒錯，可是誰又有資格做裁判來決定一個人該不該死呢？」

「當然，問題就在這裡。」陸加附和道。

「天主教徒認為共黨煽動份子不該活。而共黨煽動份子也會把牧師當作迷信的傳播者而判處死刑；醫生會把不健康的人除掉，和平主義者認為士兵有罪等等。」

「仲裁者必須是學科學的，」陸加說，「這個人必須心胸正直，有高度的專業知識……例如醫生之類的，說到這點，我倒覺得你本人就是一個相當不錯的仲裁者。」

「判決哪些人不該活下去？」

「是的。」

托馬斯搖搖頭，說：「我的工作是使不適合生存的人變得適合生存。我承認，在大部分情形下，這是件苦差事。」

「可是為了討論這個問題，」陸加說，「我們不妨就拿已故的哈里·卡特來說……」

托馬斯醫生尖聲道：「卡特？你是說七星酒店的老闆？」

「沒錯，就是他。我不認識他，可是我的表妹康韋小姐曾經提起過他，好像是個十足的大惡棍。」

「嗯，」對方說，「沒錯，他嗜酒如命，虐待老婆，威嚇女兒，愛和人吵架，又愛亂罵人，和這裡大多數人都吵過架。」

「這就是說，世界上沒有他這個人會變得更好？」

「我想人們可能會這麼說。」

「事實上，要是有人從背後把他推進河裡，而非他自願投河自盡以謝罪，那個人可以說是為了大家的利益才下手的吧？」

托馬斯醫生淡淡地說：「你所倡導的這些手段，是不是你已經在——是馬揚海峽吧——用過呢？」

陸加笑道：「哦，不，這只是一種理論，沒有實踐過。」

「嗯，我也覺得你不像天生的殺人凶手。」

陸加問：「為什麼不像？我夠坦率的了，從不隱瞞自己的觀點。」

「的確，太坦率了。」

「你是說，要是我真的是那種目無法紀隨便殺人的人，就不會表明自己的看法？」

「我就是這個意思。」

「但也許對我而言，那是某種真理，說不定我就是個狂熱份子呢。」

「即使這樣，你的自我保護意識也會發揮作用。」

「事實上，追查凶手時，要特別注意那種溫文爾雅、連螞蟻都不忍心踩死的人。」

「這或許有點誇大其辭，」托馬斯醫生說，「但不無道理。」

陸加突然說：「告訴我，我很想知道，你有沒有碰到過你認為像殺人凶手的人？」

托馬斯醫生揚聲道：「真奇怪！沒想到你會問這種問題！」

「是嗎？畢竟醫生一定見過許多古怪的人物，比如說，他一定會比別人更能及早發現殺人狂的早期症狀。」

托馬斯有點生氣地說：「這完全是外行人對殺人狂的看法，以為他一定會拿著刀到處亂跑，嘴邊不時吐著白沫。告訴你吧，殺人狂也許是世界上最難看出的病症。從外表上看來，他也許和平常人完全一樣，也許是個很容易受驚的人，也許他會告訴你他有些敵人。僅此而已，他性情平和，一點都不令人討厭。」

「真的是這樣嗎？」

「當然是真的。有些殺人瘋子常常認為自己是為了自衛才殺人。不過當然啦，有許多殺人凶手就像你我一樣普通，精神正常。」

「醫生，你這話可使我大吃一驚！想想看，也許有一天你會發覺我曾經一聲不響、乾淨俐落地殺過五、六個人呢。」

托馬斯醫生微笑道：「我覺得很不可能，菲茨威廉先生。」
「是嗎？彼此彼此，我也不相信你殺過五、六個人。」
托馬斯醫生愉快地說：「你沒有把我臨床上失敗的例子算在內。」
兩人都笑了起來，陸加起身道別，並用抱歉的口氣說：「對不起，打擾了你這麼久。」
「哦，我不忙，亞許威奇伍是個很健康的地方，能與外地來的客人聊聊真高興。」
「不知道……」陸加欲言又止。
「什麼事？」
「康韋小姐要我來找你看病時，曾經告訴過我，你實在非常……嗯，醫術實在很高明，我想，你待在這種小地方，難道不覺得太埋沒自己了？」
「哦，從普通醫生做起也是一個良好的開端，能獲得很寶貴的經驗。」
「但你不可能願意一輩子待在鄉下不求發展吧？聽說你的已故合夥人亨伯比醫生就沒有什麼雄心大志，很滿足地在這裡行醫。我想他一定在這裡住了許多年吧？」
「事實上他一輩子都住在這裡。」
「聽說他很正派，只是太守舊了點。」
托馬斯醫生說：「有時候他很難相處，對新的療法不信任，不過對舊式的內科醫生來說，他倒是堪稱楷模。」
「聽說他留下一個非常漂亮的女兒。」陸加用詼諧的口氣說。

他饒有興致地看著托馬斯醫生白皙的面孔脹得通紅。醫生說：「嗯，呃，是吧！」

陸加用親切的目光注視著他，很希望能把他從自己的嫌疑犯名單上除掉。一會兒，後者恢復了正常，突然說：「剛才談到犯罪，既然你對這方面感興趣，我可以借給你一本非常不錯的書，是從德文翻譯過來的，克羅茲．哈默寫的《自卑與犯罪》。」

「謝謝你。」陸加說。

托馬斯醫生伸手從書架上找出那本書說：「就是這一本，其中有些很驚人的理論。當然它們僅僅是理論，不過也挺有意思的。例如：『法蘭克福屠夫』門茲海德的早年生活，愛殺人的小保母安娜．赫姆等章節，都非常有意思。」

「據說她殺了十幾個託她照顧的小孩之後，有關當局才偶然發現事實真相。」陸加說。

托馬斯醫生點點頭說：「對，她的性格很討人喜歡……她非常愛孩子，每個孩子死的時候，表面上看來她真的悲痛欲絕。這種心理真叫人驚訝。」

「這些人居然能逍遙法外，真是不可思議。」

這時他已走到門口台階上了，托馬斯醫生送他出門，並說：「其實也沒有什麼值得奇怪的，你知道，這容易得很。」

「什麼東西容易得很？」

「逍遙法外啊。」他又露出孩子氣的迷人微笑。「只要小心點就行了，一定得小心。不過聰明人一定會特別小心，不留下任何蛛絲馬跡。這就夠了。」

他又笑笑，然後走進屋裡。

陸加站在那裡看著台階發呆。醫生的微笑帶有一種紆尊降貴的意味，在他們的談話中，陸加一直覺得自己是個成熟懂事的大人，而托馬斯醫生則像個天真無邪的少年。但是此刻他有一種完全相反的感覺，醫生的微笑就像一個大人被聰明淘氣的孩子逗樂似的。

09 皮爾思太太如是說

陸加在大街上那家小店買了一罐香菸和一份當天出版的《歡樂週刊》。這份企圖心十足的小報是費菲德勳爵的主要財源。談到足球比賽，陸加抱怨他剛剛錯失賺進一百二十英鎊的機會。皮爾思太太立刻深表同情，並說她丈夫也碰到過類似的倒楣事。就這樣，雙方建立起友誼，陸加毫不費力地把話題愈扯愈遠。

「皮爾思先生對足球很感興趣，」皮爾思太太說，「每次一打開報紙，一定先看足球新聞。我剛才說過，他一次又一次失望，可是話說回來，總不可能每個人都贏啊，而且我說呀，人是不能跟運氣對抗的。」

陸加表示完全同意她的看法，然後又巧妙地談到禍不單行。

「是啊，的確是這樣，先生，我早就知道了。」皮爾思太太嘆口氣。「可以這麼說，對一個有丈夫和八個孩子的女人而言……六個孩子活著，兩個死了，那她就更加了解什麼是麻煩事了。」

「我想是吧，嗯，那當然。」陸加說，「你說你有兩個孩子死了？」

「有一個死了還不到一個月。」皮爾思太太苦澀地向他訴說。

「噢，天哪，太可憐了。」

「不只可憐，簡直是青天霹靂，對，就是青天霹靂。我感到頭暈目眩，全身發抖，他們婉轉地把這個消息告訴我時，我全身一直發抖，從來沒想到湯米會發生這種事！你也許會說，像他那樣到處給你惹禍的男孩，怎麼可能會被上天召回？還有我的小艾瑪·珍，一個可愛、甜蜜的小女孩，『她養不大的，』大家都說，『她太完美了，你養不大的。』結果不幸言中，先生，上帝真的把她帶走了。」

陸加同意她的說法，又設法把話題從可愛的艾瑪·珍轉回到不怎麼可愛的湯米身上。

「你的兒子剛死不久？是意外？」

「是意外，先生。在圖書館樓上擦窗戶的時候，一定是一腳沒踩穩，失去平衡，從最高的窗台上掉了下去。」

皮爾思太太花了點時間，詳細談了那件事故的經過。

「不是有人說看到他在窗台上跳舞嗎？」陸加漫不經心地說。

皮爾思太太說，男孩子畢竟是男孩子，總是比較皮，不過那顯然給了少校一個好藉口，反正他一向就愛小題大做。

「霍頓少校？」

「是的，先生，就是養了幾隻牛頭犬的那位紳士。意外事件發生後，他偶然提到曾經看見湯米做事冒冒失失。所以要是突然受驚，很容易就從窗口掉下去，這是必然的。先生，湯米的毛病就是精力太旺盛。從很多方面來說，他都把我折騰得半死，但他只是精力過剩，如此而已，就像其他小男孩一樣，他對別人根本沒有什麼真正的害處。」

「是的，是的，我相信沒有，可是你知道，皮爾思太太，有些人——尤其是嚴肅的中年人——有時也忘了他們自己曾經年輕過。」

皮爾思太太嘆了口氣說：「你說得一點都沒錯，先生，只希望有些紳士大人能牢牢記住，我那兒子只是精力旺盛了點，但他們是怎樣苛刻地對待他！我知道這些人是誰，可是我不願意提。」

「他曾經開過幾次雇主的玩笑，對吧？」陸加縱容地笑著問。

皮爾思太太立刻說：「他只是開開玩笑，沒別的意思，先生。湯米一向善於模仿別人，惹得我們捧腹大笑，有時候他會模仿古玩店的愛渥西扭扭捏捏地走路，或者教會委員老霍伯斯先生，有一次他還模仿莊園的勳爵，逗得兩個花匠哈哈大笑，勳爵突然冒出來，立刻就把他解雇了。這當然是咎由自取，勳爵後來也沒記恨，還另外幫他找了份工作。」

「可是別人就沒這麼寬宏大量了，對吧？」陸加問。

「是啊，先生。我也不用指名道姓了。你一定不會把這事與艾博特先生聯繫起來吧？他一直對人彬彬有禮，和藹可親，老愛和人開玩笑什麼的。」

「湯米也在他那裡惹了麻煩？」

皮爾思太太說：「我相信我那孩子沒有做錯什麼事，也沒有半點惡意，依我看啊，文件要是真的那麼機密、不想給別人看的話，就不該放在桌上。」

「是啊，」陸加說，「律師辦公室裡的機密文件應該鎖在保險櫃裡才對。」

「說得對，先生，我也是這麼想，皮爾思先生的想法也和我一樣。而且湯米其實也沒看到多少。」

「是什麼文件，別人的遺囑？」陸加問。

他判斷，如果直接詢問文件內容，皮爾思太太也許會猶豫不決，但沒想到這單刀直入的問題馬上得到對方的回應。

「哦，不是，先生，不是那種東西，根本沒什麼大不了的，只是一封私人信件……是一位女士寫的，湯米甚至連寫信者的名字都沒看清楚。我說啊，簡直就是小題大做。」

「艾博特先生這人一定很容易生氣。」陸加說。

「嗯，應該吧，不是嗎，先生？就像我說過的，和這樣一位紳士說話雖然很愉快，因為他老愛和人家說笑或親切打招呼，不過我也聽說他這個人很難纏。他與亨伯比醫生鬧到不可開交的地步，據說是可憐的醫生死前沒多久的事。這對艾博特先生來說可不大愉快，因為誰也不願和別人吵過架之後，對方就死了，這樣一來就後悔莫及了。」

陸加鄭重其事地搖搖頭，喃喃地說：「對極了，對極了。」又說：「這可能是巧合。他和亨伯比醫生吵過架，醫生就死了；他對你的湯米不好，結果這孩子也死了。我想，經歷過這兩件事，艾博特先生以後一定不敢亂開口了。」

「七星酒店的老闆哈里．卡特也一樣。」皮爾思太太說，「卡特掉進河裡淹死的前一星期，他們剛剛大吵過一頓，可是那當然不能怪艾博特先生，都是卡特自己招惹人。他喝得酩酊大醉，跑到艾博特先生家裡，用不堪入耳的話大聲罵個不停。可憐的卡特太太，不知道受了多少氣，可以肯定，卡特的死對她來說是一個解脫。」

「他留下一個女兒，對吧？」

「哦，」皮爾思太太說，「我這個人從來不喜歡說人家的閒話。」

這句話有點出乎陸加的意料，可是覺得這話的背後還大有文章，於是陸加豎起耳朵，靜靜等著。

「我覺得這件事沒什麼大不了，只是閒話而已。露西．卡特算得上是個年輕漂亮的女人，要不是他們之間地位懸殊，我想也不會惹人注意。不過既然有人說閒話了，你就沒辦法否認，尤其後來卡特又到律師家大吼大叫。」

陸加猜出她話中的意思。

「看起來，艾博特先生好像很懂得欣賞漂亮的女人。」

「紳士們通常都會，」皮爾思太太說，「其實他們並沒有什麼非分之想，只是隨便交談一兩句，可是仕紳就是仕紳，免不了會引人注意，尤其是在我們這種寧靜的小地方，這很稀鬆平常。」

「這地方很可愛，」陸加說，「一點都沒有受到世俗的破壞和騷擾。」

「藝術家們總是這麼說，可是我覺得我們有點趕不上時代，比如說，這裡沒有什麼值得誇耀的高樓大廈。但是人家亞許村那邊就有好多漂亮的新房子，有的還有綠色屋頂和彩色玻璃窗。」

陸加有點不寒而慄地說：「你們這裡也有一棟大的新房子。」

「大家都說那棟宅子蓋得很不錯。」皮爾思太太淡淡地說，「當然，勳爵對本地的貢獻太大了。我們都知道。他完全是一片好心。」

「可是你們覺得他的努力不見得非常成功？」陸加感興趣地問。

「哦，當然啦，先生，他並不是真的貴族出身……不像溫弗利小姐或康韋小姐。你知道，勳爵的父親從前就在這兒的不遠處開鞋店。我母親還清楚記得戈登．拉格在鞋店裡幹活的情形。當然啦，他現在當了勳爵，成了富翁，情形又不同了。對吧，先生？」

「那當然。」陸加說。

「請原諒我提到這件事，先生。」皮爾思太太說，「當然啦，我知道你現在住在莊園，正在寫一本書，但你是布莉姬小姐的表哥，這就完全不一樣了。我們都很高興她又回莊園當女主人了。」

「是啊，」陸加說，「我相信你們一定很高興。」

說完，他突然很快付了香菸和報紙錢，同時心想：「個人因素，我必須排除個人因素的干擾。可惡，我是到這裡來追查凶手的，那個黑頭髮的女巫婆嫁不嫁誰，與我何干？她和這件事根本毫無關係。」

他沿著大街慢慢向前走，好不容易才把布莉姬從腦海裡趕走。他自言自語著：「好了，現在該想想艾博特和對他不利的證據了。我已經發現他和三個死者有牽連。他和亨伯比醫生吵過架，和卡特吵過架，還和湯米．皮爾思吵過，結果這三個人都死了。那個女孩艾蜜．吉布司呢？那個愛搗蛋的男孩看到什麼私人信件？他知道信是誰寫的嗎？或者他不知道？也許知道，不過沒告訴他母親。假設他知道，假設艾博特覺得必須叫他閉上嘴？有可能。也只能這麼說了。有可能！可是還不夠讓人滿意。」

陸加加快腳步，突然有點惱怒地環顧四周，想道：「這該死的村子，真讓我受不了，看起來那麼明媚、恬靜、無邪，竟然發生一連串瘋狂的殺人案。要不然瘋的就是我和列薇娜．平克頓？這些事說不定完全是巧合……對，包括亨伯比醫生和其他人的死都只是巧合。」

他回頭對大街極目遠望，突然覺得有一種很強烈的不真實感向他襲來。他告訴自己：「那些凶案不是真的……」

他又抬頭望著亞許山脊長而彎曲的弧線，那種不真實感又立刻消失了。亞許山脊是真實的，它知道這裡發生過哪些奇怪的事：巫術、殘忍的行為、被人遺忘的嗜血成性和邪惡的儀式……

他再度舉步前行。山脊那邊有兩個人走過來，他輕而易舉地認出是布莉姬和愛渥西。年輕人用他那奇怪而不討人喜歡的手勢在比畫著，他的頭正俯向布莉姬的頭，他們看起來就像從夢境中走出來的兩個人，就連他們從一處草皮跨到另一塊草皮，也像貓似的悄然無聲。他看見她那頭被風吹到腦後的黑色長髮。她那種奇怪的魔力又緊緊攫住了他，他對自己說：「我中蠱了，我被迷住了。」

他一動不動地站著，一股奇異的麻木感遍布全身，他懊惱地自語道：「誰才能解開符咒呢？誰也無能為力。」

10 羅絲・亨伯比

就在這時，背後有個輕微的聲音使他立刻轉過身來。原來是個女孩站在他的面前，一個非常漂亮的女孩，棕色的鬈髮盤繞在耳際，深藍色的眼睛裡有一種羞怯畏懼的神情。她有點尷尬地紅著臉說：「你是菲茨威廉先生，對吧？」

「是的，我……」

「我是羅絲・亨伯比，布莉姬告訴我，說你認識我父親的一些朋友。」

陸加不好意思地微紅著臉，有點笨拙地說：「那是很久以前的事了，他們……呃，是，是他年輕時候結識的，那時他還沒結婚。」

「噢，我明白了。」羅絲・亨伯比似乎有點沮喪，不過她又說：「聽說你正在寫一本書，是嗎？」

「是的，我是說我正在蒐集資料，是關於鄉間迷信、傳說之類的書。」

「我懂了，聽起來很有意思。」

「寫出來也許會非常單調乏味。」陸加篤定地對她說。

「哦，不，我相信一定不會。」

陸加對她微微一笑，心裡想：「咱們的托馬斯醫生可真是豔福不淺。」

「有些人就是有本事把最有趣的題材變得非常枯燥，真是叫人受不了，我想我就是那種人。」陸加說。

「哦，可是你為什麼會這樣呢？」

「我也不知道。不過，我愈來愈覺得有這種可能。」

羅絲．亨伯比說：「你也許會把枯燥乏味的題材變得有聲有色，非常有趣。」

「但願如此，」陸加說，「謝謝你這麼說。」

羅絲．亨伯比先是莞爾一笑，然後說：「你真的相信……相信迷信這類東西嗎？」

「這個問題很難回答，因為把迷信當題材寫作的人未必就會相信，你知道，人也可能對不相信的事情產生興趣。」

「是的，我也這麼想。」女孩困惑地說。

「你迷信嗎？」

「哦，不，我想我不算迷信，但我相信事情往往會接二連三發生。」

「接二連三？」

「對，比如說會厄運滾滾或者好運連連。我是說，我覺得威奇伍最近好像就一直受到不幸的詛咒。我父親死了，平克頓小姐被車撞死，還有那個小男孩從窗上掉下去，我……我開始有點憎恨這個地方，覺得好像應該離開這裡似的。」

她的呼吸變得有點急促，陸加若有所思地望著她，問道：「你這樣覺得？」

「嗯，我知道我的想法太傻了，也許是因為可憐的父親死得太意外、太突然了。」她顫抖了一下。「接下來便是平克頓小姐，她說……」女孩打住了。

「她說什麼？她是位討人喜歡的老小姐，我覺得她……很像我的一位姑姑。」

「哦，你認識她？」羅絲的臉上露出喜悅的神情。「我很喜歡她，她對我父親也很關心，只是有時候我不禁懷疑她是不是蘇格蘭所謂的『先知』。」

「為什麼？」

「因為……實在非常奇怪，她好像很擔心我父親會出事，甚至可以說警告過我。後來，就是她進城去的前一天，她的行為很古怪，顯得興奮極了。老實說，菲茨威廉先生，我真的覺得她是那種未卜先知的人。我想她知道自己要出事，也一定知道父親會發生意外。這，這實在太可怕了！」

她向他靠近一步。

「有時候人就是能預知未來的事，」陸加說，「卻不一定是特異功能。」

「對，我覺得這的確是很自然的事，只不過大部分人沒有這種能力，儘管如此，我還是很擔心。」

「不必擔心，」陸加溫和地說，「別忘了，現在事情已經過去了，老是回憶往事也沒有用。我們必須面對未來。」

「我知道，可是問題還不只這些……」羅絲．亨伯比猶豫地說，「還有一件事與你表妹有關。」

「我表妹？布莉姬？」

「對，平克頓小姐也同樣為她擔心，她老是向我問東問西，所以我想她也很擔心她。」

陸加突然轉身瞄了一眼山邊，他有種莫名其妙的恐懼感。布莉姬竟然單獨與一個雙手像要腐爛、呈病態綠色的男人在一起！幻覺，全是幻覺！愛渥西只是個對人毫無傷害的業餘藝術收藏家，開古玩店只是當作消遣而已。羅絲彷彿看出他的想法，問道：「你喜歡愛渥西先生嗎？」

「一點都不喜歡。」

「傑佛瑞——你知道，就是托馬斯醫生——也不喜歡他。」

「那你呢？」

「哦，我也不喜歡，我覺得他太可怕了，」她又向他靠近了點。「有許多關於他的謠傳，聽說他在女巫草坪舉行稀奇古怪的儀式，他很多朋友都從倫敦趕來參加，那些人看起來都很古怪可怕，湯米．皮爾思也是他的助手。」

「湯米．皮爾思？」

「是的，他穿著寬大的白色法衣和紅色長袍。」

「是什麼時候的事？」

「有一段時間了，我想是三月吧。」

「過去這裡什麼事好像都和湯米．皮爾思有關？」

羅絲說：「他很喜歡打聽別人的事，什麼都想知道。」

「或許他後來知道的實在太多了。」陸加一本正經地說。

羅絲只聽懂字面上的意思，她說：「這個小男孩實在有點可惡，喜歡捅馬蜂窩和欺負小狗小貓。」

「就算他死了也沒人難過？」

「嗯，我想是的，不過他母親非常傷心。」

「我想她還有五個心肝寶貝足以撫慰她，那個女人可真能說。」

「她的話確實是多了點，不是嗎？」

「只買了一罐香菸的工夫，我就覺得好像知道了村子裡所有人的故事。」

羅絲難過地說：「這種地方最糟糕的事就是這個，每個人對別人的事都瞭若指掌。」

「哦，不見得吧。」陸加說。

她用好奇的目光看著他。陸加意味深長地說：「沒有人能完全了解另外一個人的一切。」

羅絲的臉變得嚴肅起來，她有點不寒而慄地緩緩說：「嗯，我想你說得沒錯。」

「就連最親近的人也一樣。」陸加說。

「就連……」她頓了頓，又說：「嗯，我想你說得對，可是我希望你以後別再說這麼可怕的事了，菲茨威廉先生。」

「嚇著你了？」

她輕輕地點點頭後突然轉身。

「我該走了，要是……要是你沒有其他重要的事……我是說，要是你抽得出空的話，請你來我家走走。母親一定……一定很高興見到你，因為你認識父親昔日的朋友。」

她緩緩地沿路走開，微微低著頭，好像是為憂慮和困惑所累似的。

陸加站著看她遠去，突然覺得一陣孤獨感向他襲來，他很想保護這個女孩。為什麼呢？這麼一自問，陸加不禁對自己有點不耐煩地搖搖頭。沒錯，羅絲・亨伯比的父親剛去世不久，可是她還有母親，又和一個絕對能在任何方面保護她的英俊年輕人訂了婚。那麼，他菲茨威廉又為什麼會突然有保護她的念頭呢？

陸加想，這可能是舊日某種良好情懷的遺緒：即男人喜歡充當女人的保護者。它在維多利亞時代盛行一時，到了愛德華王朝變得更加強烈，儘管我們的朋友費菲德所說的現代生活節奏快、壓力大，這種情懷依然不時表現出來。

「不管怎樣，」他朝著陰森森的亞許山脊繼續散步時，自言自語道，「我喜歡那個女孩子，像托馬斯那種冷漠高傲的魔鬼，實在不配娶她。」

醫生送他出門站在台階上時的最後微笑又呈現在他眼前。自鳴得意！假正經！

前面不遠處傳來的腳步聲，把陸加從略帶憤怒的沉思中驚醒了。他抬起頭，看見愛渥西先生從山邊小徑走過來，兩眼看著地面，獨自微笑著。陸加看到他的表情就很不喜歡，愛渥西與其說是在走路，倒不如說是在跳躍著……就像迎合腦子裡惡魔似的吉格舞節拍前進一樣。他的微笑就像心裡有什麼奇怪的祕密使他樂不可支笑歪了嘴似的，其高興狡詐之情讓人看了很不舒服。

陸加停下腳步，這時愛渥西也幾乎與他並肩而行，最後他終於抬起頭來。他那惡毒的眼睛骨碌碌地轉著，一看見陸加就馬上認出來了。接著——至少陸加覺得是這樣——他完全換了另一副模樣。一分鐘之前，他還像個手舞足蹈、好色的森林之神，頃刻間卻變成了一個柔弱、一本正經的年輕人。

「哦，是菲茨威廉先生，你好。」

「你好，」陸加說，「你在欣賞自然美景嗎？」

愛渥西先生用修長白皙的手做了個不同意的手勢說：「噢，不是，不是，我討厭自然，它就像粗俗、沒有想像力的蕩婦。我一向認為，人只有使自然服服貼貼才能享受生活。」

「那你有什麼高招嗎？」

「有的是辦法！」愛渥西先生說，「在這麼一個宜人、偏僻的地方，只要你有興趣、有愛好，就會發現一些令人愉快的消遣。我很熱愛生命，菲茨威廉先生。」

「我也是。」陸加說。

「健全的精神寓於健康的身體，」愛渥西用略帶譏諷的口氣說，「我相信這對你來說，一點都沒錯。」

「我的身體沒那麼好。」陸加說。

「親愛的朋友，健全的精神是非常惹人厭、討人嫌的東西，人一定要有點瘋狂，有點反常和怪癖，才能從一種新的、迷人的角度來看待人生。」

「就像瘋瘋病人斜著眼睛看人一樣。」

「啊，說得太好了……太好了，真是聰明！不過你知道，這裡面確實大有文章，是一種很有趣的視角。我想我不該再耽誤你的時間了，你是在鍛鍊身體吧，每個人都需要鍛鍊，這就是公學的精神！」

「你說得對。」

陸加說完，向他匆匆地點點頭就走開了。

他想：「我簡直是太愛胡思亂想了，這個傢伙只是個笨驢，僅此而已。」

可是他心裡有一種難以名狀的憂慮，促使他加快了腳步。愛渥西臉上那個詭異、狡詐和得意的微笑……難道只是他陸加的想像？當他看見陸加朝他走來時，表情頓時為之一變，判若兩人……那又做何解釋呢？

他更加感到不安，心想：「布莉姬呢，她是不是平安無事？他們一起上去的，可是只有他一個人回來。」

他急匆匆往前走。他和羅絲・亨伯比談話的時候，太陽曾經出來過，現在卻又鑽到雲層後面去了。天空陰沉沉的，有點嚇人，山邊不時吹來陣陣冷風，他就像從正常的日常生活突然踏進一個詭異的妖術世界中。自從他到亞許威奇伍之後，就一直被這種感覺包圍著。他轉了個彎，來到曾經從低處看到過的平坦綠草坡，他知道，這就是所謂的「女巫草坪」。傳說中，每年四月三十日的「沃爾波吉斯之夜」[4]和萬聖節，女巫們就是在這裡舉行盛宴。

接著，他突然如釋重負，布莉姬就在這裡，她正靠著山邊一塊岩石坐著，俯身用雙手抱著頭。他迅速地朝她走去，隆起地面的草皮竟然變得清新可愛。他喊道：「布莉姬？」

她緩緩抬起頭，臉上的表情讓陸加很困惑，彷彿剛從一個遙遠的世界回來，似乎一時還難以適應現在這個世界。

陸加有點不知所措地問：「我說，你……你沒事吧？」

她沉默了一兩分鐘才回答，彷彿仍然沉浸在那個遙遠的世界。陸加覺得他的話似乎繞了

4　沃爾波吉斯之夜（Sankt Walpurgisnacht），沃爾波加（Walpurga）原為英國本篤會修女，後來到今德國境內的海登海姆（Heidenheim）擔任修女院院長，該院成為八世紀中葉的重要聖地。根據德國童話描述，她曾於四月三十日在哈爾茨山布羅肯峰與魔鬼女巫宴飲狂歡。

一大圈才傳到她的耳邊。最後她終於開口道：「當然沒事，我為什麼會出事？」她的聲音很尖，甚至帶著敵意。

陸加笑道：「鬼才知道呢，我突然為你擔憂害怕起來。」

「為什麼？」

「我想主要是因為目前我所住的地方有種陰森森的氣氛，害我誇張地看待一切事物。要是有一兩個小時看不見你，我當然會擔心也許不久便在水溝裡發現你血淋淋的屍體，在戲劇或小說裡常有這種事。」

「女主角從來都不會被殺死。」布莉姬說。

「對，不過……」陸加及時打住。

「你剛才想說什麼？」

「沒什麼。」

謝天謝地他及時住口，因為他總不能對一位年輕漂亮的小姐說：「但你不是女主角啊。」

布莉姬接著說：「女主角有時被誘拐、監禁，或者囚禁在地下室被毒死或被水淹死，雖然她們總是險象環生，但最後都不會死。」

「甚至也不會變老，」陸加說，「這就是女巫草坪吧？」

「對。」

他低頭看著她，親切地說：「你只需要一把掃帚就像女巫了。」

「謝謝，愛渥西先生也這麼說。」

「我剛才見過他。」

「跟他說話了？」

「說了，我覺得他有意氣我。」

「你生氣了嗎？」

「他的手段太幼稚了！」他頓了頓，又突然說：「他很古怪，有時候你會覺得他凡事都迷迷糊糊，但過一會兒又會懷疑他是不是裝出來的。」

布莉姬抬頭看著他說：「你也有這種感覺？」

「這麼說你也同意？」

「對，」布莉姬說，「他有一點……詭異，你知道我一直對這件事納悶，昨天晚上我躺在床上絞盡腦汁想了很久。我覺得要是……要是附近有個殺人凶手，我應該知道是誰！我的意思是，此人就住在這個村子裡。我想啊想，最後得出這麼一個結論：要是真的有個殺人凶手，那一定是個瘋子。」

陸加想起托馬斯醫生說的話，便問：「難道你不覺得殺人犯可能像你我一樣精神正常嗎？」

「不會是那種凶手，我認為這個凶手一定精神有毛病，所以我就立刻想起愛渥西先生。所有住在這裡的人，他算是最古怪的了。他真的很古怪，你就是擺脫不了那種感覺！」

陸加懷疑地說：「可是有很多像他那樣的人，半瓶醋響叮噹，裝腔作勢，通常對人也沒什麼傷害。」

「對，不過我想事情不僅僅如此，他的手很可怕。」

「你也發現了？真奇怪，我也看出來了。」

「他的手不僅慘白，還泛著綠色。」

「的確，它們使人懷疑他可能就是殺人凶手，但你總不能因為一個人的膚色奇怪，就認為他一定是殺人凶手啊。」

「嗯，沒錯，我們需要的是證據。」

「證據！」陸加大聲喊道，「我們最缺乏的就是證據，那個人一直非常謹慎，是個很細心的凶手！也是個很細心的瘋子！」

「我很想盡點力幫幫你。」布莉姬說。

「你是說愛渥西那方面？」

「對，我想我或許比你更容易了解他的情況，而且已經有了一個好的開端。」

「說給我聽聽。」

「嗯，他好像有些臭味相投的狐群狗黨，常常到這裡來舉行宗教儀式。」

「你是說無名的祕密宗教儀式？」

「我不知道是不是無名，不過的確是祕密宗教儀式。事實上，聽起來實在很可笑，太幼稚了。」

「我猜他們崇拜魔鬼，會跳些淫穢的舞蹈吧？」

「差不多，而且顯然他們樂此不疲。」

「這方面我也有點佐證，」陸加說，「湯米．皮爾思也參加過他們的儀式，他是助手，還有一件紅色法衣。」

「所以他也知道他們的事？」

「對，說不定這就是他的死因。」

「你是說他也到處跟人說？」

「對，也可能他想私下敲詐他們？」

布莉姬若有所思地說：「我知道這有點離奇，但如果發生在愛渥西而不是別人身上，就沒有什麼好奇怪的了。」

「嗯，我同意，如果對象是他，就真的有可能，而且不會讓人覺得荒謬可笑、不真實。」

「我們已經知道他和幾個人的死有關，」布莉姬說，「湯米．皮爾思和艾蜜．吉布司。」

「酒店老闆和亨伯比醫生的死呢？」

「目前還不知道。」

「酒店老闆是不知道，至於他為什麼要幹掉亨伯比醫生，我倒是可以想像得出來。他身為醫生，也許覺察到愛渥西精神不正常。」

「對，有可能。」

這時布莉姬笑著說：「我今天早上表現得不錯，我的通靈能力似乎非常大，我說我的高祖母因為通曉巫術差點被燒死的時候，他還真的信以為真。我想下次他們有什麼魔鬼狂歡宴的時候，說不定會邀請我參加。」

陸加說：「看在老天的份上，一定要小心。」

她驚訝地看著他。

他起身說道：「我剛才碰見亨伯比醫生的女兒，我們談起平克頓小姐，她說平克頓小姐很擔心你。」

布莉姬正要站起來，一聽這話忽然僵住了。

「什麼？平克頓小姐擔心……我？」

「是羅絲·亨伯比這麼說的。」

「羅絲·亨伯比真的這麼說？」

「對。」

「她還說什麼？」

「沒有了。」

「你確定？」

「真的。」

布莉姬沉默了一會兒後才說：「我明白了。」

「平克頓小姐擔心亨伯比醫生，結果他死了。現在我又聽說她曾擔心你……」

布莉姬笑笑，站起來搖搖頭，黑色的長髮又飛揚起來纏繞在她臉上。她說：「別擔心，魔鬼會照顧同路人。」

11 霍頓少校的家庭生活

陸加靠在銀行經理桌子對面的那張椅子上。他說：「好了，這樣我很滿意，恐怕浪費了你不少時間吧？」

瓊斯先生不贊成地擺擺手，那張黝黑的小圓臉露出愉快的表情。

「根本沒有，真的，菲茨威廉先生。你知道，這是個寧靜的地方，我們一向都很高興結識外地來的客人。」

「這地方很迷人，」陸加說，「什麼迷信都有。」

瓊斯先生嘆口氣說，需要很長時間的教育，才能破除迷信。陸加則說，他覺得現代人把教育功能看得太重，瓊斯先生對他的話感到有點意外。他說：「費菲德勳爵對本地的貢獻非常大，他意識到自己年輕時沒有受過良好教育，吃了不少苦頭，所以決心讓時下年輕人受到良好的教育和培訓。」

「不過他早年的環境雖然不好，卻沒有阻礙他賺大錢。」陸加說。

「對，那一定是因為他有『才』……傑出的才能。」

「或者運氣。」陸加說。

瓊斯先生看起來非常驚訝。陸加說：「運氣確實很重要，就拿殺人凶手來說，為什麼有的凶手能成功地逍遙法外？是他的才能超群，抑或只是運氣好？」

瓊斯先生同意這可能只是運氣好。陸加又說：「就拿酒店老闆卡特這個傢伙來說吧，他一星期七天可能有六個晚上都喝得醉醺醺的，然而偏偏有一天晚上失足，從小橋上掉進河裡淹死，這又是運氣的關係。」

「對有些人來說，這倒是因禍得福。」銀行經理說。

「你是指……」

「他的妻子和女兒。」

「噢，對了，那當然。」

一名職員拿著一份文件敲門進來，陸加簽了名，接過支票簿，起身說：「真高興一切都辦妥了。你今年德比賽馬的運氣不錯吧？」

瓊斯先生微笑著說自己不是個嗜賭的人，又說他太太強烈反對賽馬。

「那麼你大概沒去看德比賽馬了？」

「的確沒去。」

「這裡有人去嗎？」

「霍頓少校去了，他對賽馬很感興趣。艾博特先生那天通常也休息，不過他並未在獲勝的馬上下注。」

「我想很多人都一樣。」

陸加說完話之後，向對方道別後就離開了。

他走出銀行大門後，點了一根菸。除了些微嫌疑之外，陸加覺得再也沒有其他理由把他當成嫌疑犯。這位銀行經理對陸加試探性的問題反應冷淡，要把他想像成殺人凶手實在很難。此外，德比賽馬那天他也沒離開村子。不過話說回來，陸加此行還是有所收穫，他知道了兩件事：德比賽馬那天，霍頓少校和律師艾博特兩人都不在亞許威奇伍。因此，平克頓小姐被車撞死那天，他們兩人都有可能去過倫敦。

陸加目前並不懷疑托馬斯醫生，但如果他能知道賽馬那天托馬斯醫生確實在亞許威奇伍行醫，那就更放心了。他在腦子裡記住這一點以便核實。接著他又想到愛渥西，德比賽馬那天他在不在亞許威奇伍呢？如果在，他行凶的可能性相對就小多了。陸加也注意到，平克頓小姐的死可能完全是個意外。

可是陸加立刻推翻了這種想法，她死得太湊巧了。

陸加坐上自己停在街邊的車子，開到位於大街盡頭的皮普威修車廠。

他想詢問幾件有關行車方面的小問題。一個英俊、長著雀斑的年輕技工專心聽著。然後兩人掀起車蓋，專心致志地討論起技術方面的問題。

有人在喊：「吉姆，過來一下。」

那名臉上長了雀斑的技工順從地走過去。

吉姆．哈維，沒錯，艾蜜．吉布司的男朋友就叫吉姆．哈維。不一會兒，他就道著歉回來，繼續和陸加討論技術問題。陸加同意把車留下。

臨走前，陸加漫不經心問了一句：「今年德比賽馬有什麼收益嗎？」

「沒有，先生，我把注下在克拉戈了。」

「在朱朱比上下賭注的人不會太多吧？」

「是呀，說真的，先生，我想連報上都認為牠沒有入圍的機會。」

陸加搖搖頭說：「賽馬是很難預料的比賽。看過德比賽馬嗎？」

「沒有，先生，我實在很想去。今年本來想請假一天，買張便宜的火車票進城，然後到艾普索姆去，可是老闆不肯，說實在的，我們很缺人手，那天的工作又多。」

陸加點了點頭就離開了，並且把吉姆．哈維從他的嫌疑犯名單上刪掉。這個面善的男孩不會是神祕凶手，列薇娜．平克頓也不是他撞死的。

他沿著河岸走回去。他曾經在這裡遇見過霍頓少校和他的狗。這一次又碰見少校聲嘶力竭地大聲喊著那些狗。

「奧古斯塔！內利！內利，聽到沒有！尼羅，尼羅……尼羅！」

那對金魚眼再次盯著陸加，不過這次霍頓少校又加上一句：「對不起，你是菲茨威廉先生，對吧？」

「是的。」

「在下是霍頓，霍頓少校。我想明天我們還會在莊園見面，約好了打網球，是康韋小姐好心請我去的。她是你表妹，對吧？」

「是的。」

「我想也是。你知道，這地方一有生面孔，馬上就會被人認出來。」

這時發生了一個小插曲，他那三頭牛頭犬正撲向一隻白色雜種狗。

「奧古斯塔……尼羅！過來，好傢伙！過來，聽見了嗎？」

好不容易等奧古斯塔和尼羅極不情願地服從他的命令後，霍頓少校又回到原先的話題。陸加正輕輕地拍著內利，後者也含情脈脈地看著他。

「好母狗，不是嗎？」少校說，「我喜歡牛頭犬，一直養著幾隻，我喜歡牠們勝過任何其他狗。我家就在附近，來坐坐，一起喝點東西吧。」

陸加接受他的邀請，兩人邊走邊談，霍頓少校的話題始終三句不離狗，以及別的狗都比不上他養的牛頭犬。他還告訴陸加內利得了哪些獎，一名裁判不公平地只給了奧古斯塔榮譽獎，以及尼羅在賽狗會上獲得的成就等等。

這時，他們到了少校家門口，少校順手推開沒有上鎖的大門，兩人一起走進屋裡。

霍頓少校領著他走進一間帶有狗味的小房間，牆邊擺著一列書架。少校忙著喝飲料時，陸加環顧四周。有一些狗的照片，幾本《鄉野生活》雜誌，兩張破舊的扶手椅。書櫥旁邊有幾座銀盃，壁爐台上方有一幅油畫。

「那是我太太。」少校抬起頭，發現陸加正在看那幅畫，他就解釋道：「她是個很了不起的女人，臉部很有個性，你說對吧？」

「是的，一點都沒錯。」陸加看著已故霍頓太太的遺像說。

畫中的她穿著粉紅色的緞子衣服，手裡拿著一束鈴蘭。棕色頭髮中分，嘴唇嚴肅地緊閉著。冷冷的灰眼似乎不太高興地看著面前的人。

「很了不起的女人，」霍頓少校遞給陸加一個杯子。「死了一年多了，她死了以後，我就完全變了。」

「是嗎？」陸加不知道該怎麼說才好。

「請坐。」

少校用手朝一張皮椅指了指，自己在另外一張椅子上坐下。他啜飲著威士忌加蘇打，接著說：「是的，我完全變了一個人。」

「你一定很想念她吧？」陸加笨拙地說。

霍頓少校黯然地搖搖頭說：「每個人都需要妻子在背後鞭策自己，不然就會變得懶散，對，變得懶散，隨波逐流。」

「不過……」

「我的朋友，我知道自己在說什麼。你聽我說，我並不是說男人剛結婚時不難受，是很難受。男人會告訴自己：『天啊，連靈魂都不再屬於自己了。』可是他一定會漸漸適應，這都是紀律問題。」

陸加想，霍頓少校婚後的生活大概像在打一場戰爭，而非幸福甜蜜的家庭生活。

「女人，」少校自言自語道，「是一種古怪的東西，有時候好像真的無法使她們滿意，可是我的天，女人的確能使男人奮發向上。」

陸加默默聽著以示敬意。

「你結婚了嗎？」少校問。

「沒有。」

「啊，好，以後你就會了解。記住，朋友，沒有什麼事比婚姻更重要。」

陸加說：「聽別人說結婚好，實在讓人高興，尤其現代人早就不把離婚當回事。」

「呸！」少校說，「年輕人實在令我噁心，一點毅力都沒有，什麼事都不能忍受！一點苦都不能吃！」

陸加實在很想請教他，何以必須吃得了苦，可是他盡力克制著自己。

少校又說：「聽著，麗迪雅是萬中選一的女人！萬中選一！這裡每個人都尊敬她。」

「是嗎？」

「她不能忍受任何荒唐事，她有一個對付別人的法子：只要她目光一掃，那個人就矮了半截，渺小得不得了。現在那些自稱僕人的黃毛丫頭，以為別人活該受氣時，麗迪雅立刻就會給她們顏色瞧瞧！你知不知道，我們一年裡就換了十五個廚子和女傭。十五個！」

陸加覺得這實在無法證明霍頓太太治家有方，可是既然主人認為這一點與眾不同，他只好含糊其辭地應了一聲。少校又說：「要是他們都不合適，她就統統把他們換掉！」

「一直都這樣嗎？」陸加問。

「哦，當然，很多人不願意做下去，就離開了。『走掉倒好！』麗迪雅就是這麼說的！」

「精神可嘉，」陸加說，「但有時候那不是不太方便嗎？」

「哦，我不在乎做家事，」霍頓說，「我做菜的技術不錯，也很會生火。我不喜歡洗碗，可是碗總得要洗哪，那也是沒辦法的事。」

陸加同意他的看法，並且問起霍頓太太是否擅長做家事。

「我可不是那種讓太太侍候的男人，」霍頓少校說，「而且麗迪雅實在太弱不禁風了，家務事她做不來。」

「這麼說，她並不強壯囉？」

霍頓少校搖搖頭說：「她精神很好，不肯服輸，但她為此吃了很多苦頭！居然連醫生都不同情她！醫生都是冷血動物，只懂得一般肉體上的病痛，對於不尋常的症狀就束手無策。就拿亨伯比醫生來說，大家似乎都認為他是個好醫生。」

「你不同意？」

「他簡直無知透了！對任何現代新發現一無所知！恐怕他連什麼叫精神病都沒聽說過！我想他大概知道痲疹、流行性腮腺炎、跌打損傷這些毛病，可是別的就一點都不懂了！最後我和他吵了一架，他根本不了解麗迪雅的病情。我開門見山跟他有話直說，他當然不高興，馬上火冒三丈，不來看病，還說我早該去請我喜歡的醫生。後來，我們就請了托馬斯。」

「你比較喜歡他？」

「他比那傢伙聰明多了，在她生病的末期，他確實是盡心盡力了。老實說，她的病情在好轉，有一天卻突然舊病復發。」

「很痛嗎？」

「嗯，很痛。胃炎，痛得受不了，還會噁心嘔吐等等。那可憐的女人真是遭了天譴！她真勇敢！醫院來的那兩個護士像木頭人似的，毫無同情心，老是數落病人東病人西。」少校搖搖頭，一口喝光杯中的酒。「那些護士真讓人受不了！自命不凡。麗迪雅硬說她們要毒死她，這當然不是真的，托馬斯說許多病人都有這種病態的幻想，不過有一點倒是真的：那兩個女人不喜歡她。女人最糟糕的就是這一點，她們總是看不起自己的同類。」

「我想，霍頓太太在亞許威奇伍一定有不少忠實的朋友吧？」

陸加覺得自己言辭笨拙，但實在想不出該怎樣說更好。

「大家都對我們挺好的，」少校有點勉強地說，「費菲德送了些他家溫室種的葡萄和桃子，兩位老小姐也會過來陪她，我是說荷諾亞・溫弗利和列薇娜・平克頓。」

「平克頓小姐常常來嗎？」

「常來。她是個很普通的老小姐，不過心地善良！她一直很擔心麗迪雅，常常問起她吃些什麼東西和什麼藥。的確是一片好心。但你也知道，我覺得實在是小題大做。」陸加表示理解地點點頭。「我最受不了別人大驚小怪了，這地方女人真夠多的，連打場像樣的高爾夫球都很困難。」

「古玩店那個年輕人怎麼樣？」陸加問。

少校嗤之以鼻地說：「他不打高爾夫球，太女人氣。」

「他來亞許威奇伍很久了嗎？」

「大約有兩年了。令人討厭的傢伙，我最不喜歡這些留著長髮、怪聲亂叫的傢伙。奇怪的是，麗迪雅居然喜歡他！女人對男人的看法最不可靠了，她們喜歡那些到處招搖的無賴。她甚至堅持要用他那騙人的偏方！藥就盛放在一個紫色的玻璃缸裡，上面畫著黃道十二宮。我想大概是月圓的時候採回來的草藥。實在太愚蠢了，可是女人偏偏敢吃，而且把它吃得精光，哈哈！」

「本地律師艾博特的為人如何，他很精通法律吧？我有些法律方面的問題，也許會去請教他。」

陸加覺得話題改變得有點太突然，可是他判斷得沒錯……霍頓少校不會意識到他真正的動機。

「聽說他很精明，」霍頓少校坦白地說，「我不太了解。事實上，我和他吵過一架。自從麗迪雅臨終前他來這兒替她立下遺囑之後，我就再也沒有見過他。依我看，他是個品行不端的無賴。不過當然啦，」他又說：「那並不影響他做律師的能力。」

「對，對，當然不，」陸加說，「只是他似乎很愛吵架。我聽說他和許多人吵過架。」

「他的毛病就是動不動因小事而生氣，」霍頓少校說，「老覺得自己是萬能的上帝，任何人不同意他的看法就像犯了滔天大罪似的。有沒有聽說他和亨伯比吵架的事？」

「他們吵過一架，是嗎？」

「吵得天昏地暗。聽著，我可不覺得意外。亨伯比是個固執己見的驢子。情況就是這樣。」

「他死得很慘。」

「亨伯比？嗯，我想大概是吧，他太疏忽大意了，血液中毒是最危險的事，我要是有什麼傷口，一定馬上搽碘酒。很簡單的預防措施嘛。亨伯比自己就是醫生，竟然連這點小事都不肯動手！這就是問題所在。」

陸加不大明白他指的是什麼，但他沒有追問下去，只是看了一眼手錶，然後起身。

霍頓少校說：「吃午飯的時候快到了？一定是。好吧，很高興能和你聊聊。能和你這麼一個見過世面的人聊天，真是獲益匪淺，改天我們再好好聊聊。你以前在什麼地方工作？馬揚海峽？我從來沒去過。聽說你正在寫一本書，有關迷信什麼的。」

「是的，我……」

可是霍頓少校馬上搶著說：「我可以告訴你一些有趣的事，當年我在印度的時候，我的老弟啊……」

耐著性子聽了十分鐘有關印度托缽僧的平凡故事之後，陸加終於得以脫身了。

剛走到門外，又聽到少校在後面大聲叫喚著尼羅。對婚姻生活所製造的奇蹟，陸加甚為驚訝，霍頓少校似乎真的很惋惜失去妻子，儘管無論從哪方面來說，她都是個和母老虎差不多的妻子。

難道……陸加突然自問，他只是在極端巧妙地虛張聲勢？

12／交鋒

約定打網球的那天下午天氣不錯。費菲德勳爵興致勃勃、非常愉快地扮演男主人的角色。他不時提到他卑微的出身。打球的人一共有八位，他們是：費菲德勳爵、布莉姬、陸加、羅絲·亨伯比、艾博特先生、托馬斯醫生、霍頓少校和銀行經理的女兒赫蒂·瓊斯……她是個一直咯咯咯笑的年輕女子。

下午第二盤比賽時，陸加和布莉姬配對迎戰費菲德勳爵和羅絲·亨伯比。羅絲打得相當好，正手拍很有力，曾參加全郡的網球比賽，彌補了費菲德勳爵的不足。布莉姬和陸加打得並不好，所以雙方可以說是勢均力敵。三局過後，沒想到陸加愈打愈精采，他和布莉姬以五比三領先。

就在這時，陸加發現費菲德勳爵開始發脾氣，一會兒為了一個邊線球爭論，一會兒又說發錯了球，雖然羅絲不理他，但他暴躁乖戾的孩子脾氣表露無遺。到了決勝盤的時候，布莉姬先是雙發失誤，接著回球又觸網，結果雙方扯平。下一個球，對方回發球彈到中線上，他正要接球時和布莉姬撞在一起。接著布莉姬又雙發失誤，最後輸掉了這盤比賽。

布莉姬用道歉的口氣說：「對不起，我累得骨頭都快散了。」

看來的確沒錯，布莉姬的擊球漫無目的，好像一切都無能為力，費菲德勳爵和他的搭檔最後以八比六獲勝。

接下來，大家又討論了下一場比賽的人選，最後決定羅絲與艾博特先生搭檔，對抗托馬斯醫生和瓊斯小姐。

費菲德勳爵坐下來擦擦前額，滿足地笑笑，完全恢復了愉快的心情，並且開始和霍頓少校大談他報上正在連載的一系列有關「健康英國」的文章。

陸加對布莉姬說：「帶我去看看菜園好嗎？」

「看菜園幹什麼？」

「我喜歡捲心菜。」

「青豆呢？」

「也不錯。」

他們離開網球場，來到四周有圍牆的菜園，星期六下午，園丁不在，在溫暖的陽光下，菜園看來閒散而寧靜。

「豆子就在這兒。」布莉姬說。

陸加對豆子毫無感覺，他問：「你為什麼要故意輸掉那盤比賽？」
布莉姬稍稍揚起眉毛說：「對不起，我太累了，打球的水準也不穩定。」
「才不像你所說的那麼不穩定，你的雙發失誤，連三歲小孩都騙不了，還有胡亂擊球，把球擊得那麼遠！」
布莉姬平靜地說：「那是因為我網球打得太差勁了，要是我的技術好一點，也許會讓你滿意些。然而事實上，每當我想把球打出界外的時候，球卻總是落在線上。我還需要好好地練習一番。」
「哦，那麼你承認了？」
「只得承認了，我的好偵探。」
「理由呢？」
「很簡單，戈登不喜歡輸球。」
「那我呢，如果我也喜歡贏呢？」
「親愛的陸加，那恐怕比不上戈登的想法重要。」
「能不能把你的意思再說清楚一點？」
「要是你喜歡聽，當然可以。人總不能砸自己的飯碗，戈登就是我的飯碗，而你不是。」
陸加深深地吸了一口氣，最後還是忍不住生氣地說：「你跟那個可笑的小老頭結婚究竟是什麼意思，為什麼你要嫁給他？」

「因為當他的祕書每週只有六英鎊薪水，當他的太太卻能得到十萬英鎊、一整盒的珍珠鑽石、一筆可觀的零用錢和各種榮譽和特權。」

「可是要盡的義務也有所不同啊！」

布莉姬冷淡地說：「難道你非得用觀賞鬧劇的態度來看待生活中的一切？要是你一心把戈登幻想成溺愛太太的好丈夫，我勸你打消這個念頭吧。你現在大概也發現，戈登其實是個長不大的孩子，他需要的是母親，而不是妻子。不幸的是，他四歲喪母，所以他要找一個替身在身邊，聽他吹牛、讓他獲得自信，並隨時願意聽他沒完沒了地談論自己。」

「你的嘴巴真毒，對吧？」

布莉姬針鋒相對地反駁道：「我不會用神話來騙自己，你愛怎麼說就怎麼說吧！我是個稍微有點頭腦的年輕女人，相貌平平，又沒有什麼錢。我想正正當當地過日子，做戈登的妻子或祕書，其實根本沒什麼兩樣。結婚一年後，我懷疑他臨睡前還會記得親吻妻子。唯一的不同就是薪水。」

他們對視著，兩人都氣得臉色發白。布莉姬嘲笑地說：「往下說啊，你很古板，不是嗎，菲茨威廉先生？你最好用『為錢出賣自己』那句陳腔濫調來罵我，好抬高你自己。我想這句話再恰當不過了。」

陸加說：「你是個冷血的小魔鬼！」

「總比熱血的小傻瓜好！」

「是嗎？」

「這我太清楚了。」

陸加嘲弄地說：「你還知道什麼？」

「我知道怎樣照顧男人！你見過強尼．科納胥嗎？我和他訂婚三年，他很可愛，我愛他愛得發狂！可是他後來居然把我甩了，娶了一個有北方鄉下口音、三層下巴、但一年有三萬英鎊收入的胖寡婦！碰到這種事，誰都不會再有浪漫的幻想，你不覺得嗎？」

陸加突然呻吟一聲，轉過身去說：「也許吧。」

「本來就是。」

兩個人都沉默了一會兒，感到非常壓抑。最後布莉姬打破沉默，用一種不太確定的語氣說：「我希望你知道，你並沒有權利這樣對我說話，你現在住在戈登的家裡，這樣做實在太沒品了。」

陸加恢復鎮靜，很有禮貌地問：「這不也是陳腔濫調嗎？」

布莉姬紅著臉說：「不管怎樣，這總是事實。」

「不，我有我的權利。」

「胡說！」

陸加看看她，只見她臉色蒼白，好像很不舒服，身上有什麼地方疼痛不已似的。他說：

「我有權利，我有權利喜歡你，你剛才怎麼說來著？對了，我愛你『愛得發狂』！」

她猛然後退一步，說：「你……」

「沒錯，很可笑，對吧？碰到這種事，你應該開懷大笑才對。我是到這裡來調查一件疑案的，那天你從房子轉角走過來……怎麼說呢？就像對我施了一道符咒！你剛才提到神話故事，我就像走進了神話裡一樣！你使我神魂顛倒，我覺得只要你用手指一指我，說聲『變成青蛙』，我的眼睛就會凸出來，在地上跳來跳去。」他向她靠近了一步。「我愛你愛得發狂，布莉姬．康韋，所以你不可能希望我樂意看到你嫁給一個大腹便便、連輸一場球都要發火的傲慢貴族！」

「那你覺得我該怎麼做？」

「我覺得你應該嫁給我才對，不過當然啦，這番話大概很好笑吧！」

「的確非常可笑。」

「沒錯。好了，我們已經把話說開了，回網球場去吧。這次，你也許會替我找一個能贏球的搭檔。」

「說真的，」布莉姬甜甜地說，「我相信你和戈登一樣很在意輸贏。」

陸加突然抓住她的肩膀說：「你那張嘴真的很毒，對吧，布莉姬？」

「我想不管你多麼愛我，偏偏就是不大喜歡我，對吧，陸加？」

「我覺得我一點都不喜歡你。」

布莉姬看著他說：「你回家之後，打算結婚安頓下來，對吧？」

「對。」

「對象不會是我這種人？」

「我從未考慮過你這種人。」

「對，你不會，我了解你們這種人，我太清楚了。」

「你太聰明了，親愛的布莉姬。」

「你會娶個典型的英國好女孩，喜歡鄉下，也很會養狗。你心目中的她或許會穿著花呢裙子，用鞋尖撥弄火爐裡的一根木柴。」

「聽起來好像很吸引人。」

「本來就是，我們回網球場去吧。你可以和羅絲·亨伯比配對，她打得那麼好，你們一定會贏。」

「我是個老派的人，我會等你給我一句話。」

一陣沉默之後，陸加緩緩地從她的肩上收回自己的手，兩人都遲疑地站著，好像還有什麼話難以啟齒似的。

接著，布莉姬突然轉身，帶頭往回走。下一場比賽剛要結束。羅絲反對再繼續打。

「我已經連著打了兩場。」

可是布莉姬也堅持說：「我累了，不想打了。你可以跟菲茨威廉先生配對，瓊斯小姐和霍頓少校配對，再比一場。」

不過羅絲還是不願意，結果進行了一場男子雙打比賽。打完之後，就一起喝下午茶。

費菲德勳爵自鳴得意地向托馬斯醫生滔滔談起他最近那趟魏勒曼．克賴茨研究室之行。

「我想親自了解最新科學研究的趨勢，」他認真地解釋道，「我要對自家報上的言論負責，這點非常重要。這是個科學時代，科學一定要讓普通大眾容易接觸和吸收。」

「對科學一知半解也許相當危險。」托馬斯醫生輕輕一聳肩，不以為然地說。

「我們的目的就是讓科學普及，」費菲德勳爵說，「人人具有科學精神……」

「知道什麼是試管。」布莉姬一本正經地說。

「此行給我留下了很深刻的印象，」費菲德勳爵說，「魏勒曼親自帶我到處參觀，我說只要派個手下就行了，但他執意不肯。」

「那當然。」陸加說。

費菲德看起來很高興。

「他把一切都解釋得非常清楚……細菌培養、血清、整個研究的原理等等，他答應親自為我們撰寫系列文章中的第一篇。」

安特魯瑟太太喃喃道：「我想他們一定是用天竺鼠做實驗，真殘忍。不過，當然啦，總比用狗甚至用貓好一點。」

「用狗做實驗的人都該槍斃。」霍頓少校聲嘶力竭地說。

「霍頓，我真的覺得你把狗命看得比人命還重。」艾博特先生說。

「那當然！」少校說，「狗不會像人那樣背叛你，也不會說你壞話。」
「只會用髒牙齒咬人家的腿，」艾博特先生說，「怎麼說，霍頓？」
「狗最會分別誰好誰壞。」霍頓少校說。
「上星期你有一隻狗差點在我的腳上咬了一口，你該如何解釋，霍頓？」
「還是一樣。」
布莉姬巧妙地打岔。
「再打場網球怎麼樣？」
於是又進行了兩場比賽。最後當羅絲·亨伯比向大家告別時，陸加站到她身邊說：「我送你回家，順便替你拿網球拍，你沒車，對吧？」
「沒有，可是路很近。」
「我想散散步。」
陸加沒再說什麼，只是接過她手中的球拍和球鞋，兩人一起默默地沿著大道向前走。後來羅絲隨口提到了一兩件小事，陸加也隨聲附和，可是她似乎沒聽到。
走進她家大門時，陸加的表情才開朗起來。
「我現在心情好一點了。」
「你剛才心情不好？」
「謝謝你假裝沒發現，不過你已經驅散了我心頭的陰影。真奇怪，我覺得就像從烏雲密布之處走到一個陽光普照的地方。」

「本來就是嘛，我們離開莊園的時候，有一片烏雲遮住了太陽，現在已經雲開霧散了。」

「對我來說，既是實情也是比喻。好啦，好啦，這世界畢竟還算不錯。」

「當然不錯。」

「亨伯比小姐，我可以魯莽地說一句嗎？」

「我相信你說話一定不會魯莽。」

「哦？別那麼篤定。我是說我覺得托馬斯醫生實在太幸運了。」

羅絲羞紅了臉笑笑說：「你也聽說了？」

「我是不是應該保守祕密？非常抱歉。」

「在這個地方，根本沒什麼祕密可言。」羅絲沮喪地說。

「這麼說你真的和他訂婚了？」

羅絲點點頭。

「剛剛訂婚，不過我們還沒有正式宣布，因為你知道，父親反對這樁婚事，如果他剛死我們就宣布訂婚，似乎……似乎有點太殘忍了。」

「令尊不同意？」

「呃，他並沒有明確表示，不過我覺得他確實是這個意思。」

陸加溫和地說：「他是不是覺得你還小？」

「他是這麼說的。」

陸加機伶地問：「你是否覺得還有什麼言外之意？」

羅絲緩緩地、不情願地低下頭，她說：「是的，我想事實上就是父親不……不喜歡傑佛瑞。」

「他們彼此很有成見？」

「有時候好像是。當然啦，父親是個有點可愛的老頑固。」

「我想他一定很喜歡你，不願意失去你吧？」

羅絲表示同意，但她的態度似乎仍然有所保留。

「不只是這樣？」陸加追問，「他根本就不願意你嫁給托馬斯？」

「是的，你知道，父親和傑佛瑞實在很不一樣，所以在某些方面免不了發生衝突。傑佛瑞很有耐心，可是他知道父親不喜歡他，就變得更沉默寡言、更害羞，這樣一來，父親就更難了解他了。」

「偏見實在很難對抗。」陸加說。

「可是實在太不合理了！」

「令尊沒有提出任何反對的理由嗎？」

「沒有，根本就找不出理由嘛！我是說，除了他不喜歡他之外，他根本說不出反對傑佛瑞的理由。」

「『我啊，就是不喜歡你，傑佛瑞醫生，理由嘛，我也說不出來。』就像這樣嗎？」

「沒錯。」

「難道他只是沒來由的討厭？我是說，你的傑佛瑞既不喝酒也不賭馬，對吧？」

「對，我相信傑佛瑞甚至連德比賽馬是哪一匹馬獲勝都不知道。」

「那就怪了，」陸加說，「你知道，我敢說，德比賽馬那天我在艾普索姆看到他。」

有一會兒他真擔心，不知道自己有沒有向她提過，他是在德比賽馬那天才回到英格蘭的，不過羅絲一點也沒起疑心，馬上答道：「你說你在德比賽馬那天看見傑佛瑞？哦，不可能，他脫不開身。那天他幾乎一整天都在亞許荒原給一名難產婦女接生。」

「你的記憶力真好！」

羅絲笑著說：「他告訴我，那家人給嬰兒取了個小名叫『朱朱比』，所以我記得。」

陸加漫不經心地點點頭。

羅絲又說：「無論如何，傑佛瑞從來不去看賽馬，否則他會煩死。」她頓一頓，又換了種語氣說：「不進來坐會兒嗎？我想，媽媽一定很高興見見你。」

「真的嗎？那我就恭敬不如從命了。」

進門之後，羅絲帶他走進一間只剩一點夕陽餘暉的房間，裡頭有個女人奇怪地縮成一團坐在扶手椅裡。

「媽媽，這位是菲茨威廉先生。」

亨伯比太太有點吃驚，伸手和他握了握，羅絲悄無聲息地走了出去。

「很高興見到你，菲茨威廉先生。羅絲說你有些朋友多年以前認識我丈夫。」

「是的，亨伯比太太。」

他很不想對一個寡婦再撒一次謊，可是實在沒有別的辦法。

亨伯比太太說：「要是你見過他就好了，他是個好人，是個了不起的醫生。光是靠他的人格力量，就治癒了很多別人認為患了不治之症的病人。」

陸加溫和地說：「我來了以後，曾經聽過很多有關他的事，我知道大家都很尊敬他。」

他無法完全看清亨伯比太太的臉，她的聲音很單調、不動聲色，這更清楚地說明實際上她在極力控制自己的感情。

她突然出其不意地說：「這是個邪惡的世界，菲茨威廉先生，你明白嗎？」

陸加有點驚訝地說：「是的，也許是吧。」

她堅持道：「不是也許，難道你真的不知道？這一點非常重要，邪惡的事情到處都是……大家一定要有心理準備，才能抵抗邪惡！約翰就是這樣，他知道這一點，總是站在正義這一邊。」

陸加溫和地說：「我相信他一定是。」

「他知道這地方有些邪惡的事情。」亨伯比太太說，「他知道……」

她突然哭了起來。

陸加喃喃道：「非常對不起……」

但她轉眼間又恢復了自制。

「請原諒我。」她伸出手，他握了握。「有空一定要來坐坐，」她說，「這對羅絲來說也很好，她很喜歡你。」

「我也喜歡她。我覺得令嬡是我見過最好的女孩，亨伯比太太。」

「她對我很孝順。」

「托馬斯醫生真幸運。」

「嗯。」亨伯比太太抽回她的手，聲音又變得單調起來。「我也不知道……這一切太難熬了。」

她站在昏暗的夕陽餘暉下，手指緊張地抖動著，目送陸加離去。

回家的路上，陸加不停地回憶著和她談話的內容。

德比賽馬時，托馬斯醫生大半天都不在亞許威奇伍。亞許威奇伍距離倫敦三十五英里，他是開車去的。至於去接生一說，是真的嗎？這一點，陸加想，應該是可以查證的。接著他又想到了亨伯比太太。

她一再強調的那句話：「邪惡的事情到處都是……」究竟是什麼意思呢？

只是因為她丈夫死得太突然，才害得她精神緊張、悲傷過度嗎？或者真的有什麼事情不對勁？

她是否知道些什麼？比方某些亨伯比醫生生前知道的事？

「我一定要繼續查下去，」陸加自言自語道，「我一定要查個水落石出。」

他決心暫時不再去想他和布莉姬之間的事。

13

溫弗利小姐如是說

次日早晨，陸加終於打定主意。他覺得到目前為止，他已經進行能力範圍內所能做的間接調查。遲早，他都必須公開自己真正的意圖。他覺得現在正是摘下寫書的偽裝、說明他此行有特定目的的時候了。

為了讓調查計畫付諸實行，他決定先去拜訪荷諾亞．溫弗利。不僅僅因為這個中年處女謹慎的態度和精明的眼光，也因為他覺得她可能知道一些有用的消息。他相信她已經把自己所知道的事和盤托出，不過他還想誘導她說出心中的猜測。他精明地認為，溫弗利小姐的猜測或許更接近事實。

做過禮拜之後，他立即前去拜訪。

溫弗利小姐對他的來訪並不意外，很自然地接待了他。她在他身邊坐下之後，拘謹地交疊著手，充滿智慧的眼睛——真像溫和的山羊眼睛——專注地看著他的臉。他對自己來訪的目的有點難以啟齒。

陸加說：「我想你一定早就猜到，我到亞許威奇伍來的目的，不僅僅是寫一本有關地方風俗和迷信的書吧？」

溫弗利小姐低著頭，繼續傾聽著。然而陸加並不想把這件事的起因說得太詳細，當然溫弗利小姐給他的印象是謹慎小心，不過對一個老處女來說，陸加覺得他不能完全相信她會守口如瓶，而不把一個令人興奮的故事告訴幾個要好的朋友。因此，他只好簡單地說明他此行的目的。

「我到這裡來，是為了調查那個可憐的女孩艾蜜．吉布司的死因。」

溫弗利小姐說：「你是說你是警方派來的？」

「啊，不是，我不是便衣警察。」接著他又幽默地補充：「我算是偵探小說裡的著名私家偵探了。」

「我明白了，這麼說是布莉姬．康韋請你來的？」

陸加遲疑了一會兒，決定對此不多做解釋。因為如果不把平克頓小姐的故事和盤托出，實在很難解釋他來此地的原因。

溫弗利小姐用溫和而欽佩的聲音說：「布莉姬真是既實際又能幹！假如是我，一定不敢相信自己的判斷。我是說，如果你對一件事沒有絕對的把握，就很難決定該怎麼採取行動。」

「可是你有把握，對吧？」

溫弗利小姐嚴肅地說：「根本沒有，菲茨威廉先生，這種事誰也不敢說有把握。我是說，這也許完全是想像。我自己一個人住，沒有人可以商量，有時候可能很容易誇大事實、胡思亂想，想出一些子虛烏有的事。」

陸加表示她說得很對，但又溫和地問了一句：「不過你自己心裡很確定吧？」

甚至連這一點，溫弗利小姐也不大願意承認，她抗議道：「我希望，我們不是在相互誤解中進行對話吧？」

陸加微笑著說：「你是不是要我實話實說？很好，你是否真的認為艾蜜．吉布司是被人謀殺的？」

這句未加任何掩飾的話使荷諾亞．溫弗利猶豫了一下說：「她的死讓我覺得很不愉快，非常不愉快。我覺得這整件事讓人相當不舒服。」

陸加耐心地說：「你覺得她不是自然死亡？」

「不是。」

「你不相信是意外？」

「我覺得太不可能了，有很多……」

陸加打斷她的話。

「你不相信她是自殺？」

「當然不相信。」

「這麼說，」陸加溫和地說，「你的確認為她是被謀殺的了？」

溫弗利小姐遲疑了一下，沉吟再三，最後才勇敢地說：「對，我是這麼認為。」

「很好，那我們可以繼續往下討論了。」

「可是我這麼想真的沒有什麼證據，」溫弗利小姐擔心地解釋，「完全是憑空想像。」

「沒錯，這只是你我之間的私人談話。我們只不過在談論我們所猜想、懷疑的事。我們懷疑艾蜜．吉布司是被人謀殺的，我們認為兇手會是誰呢？」

溫弗利小姐搖搖頭，看起來很困惑。陸加看著她說：「誰有殺她的動機呢？」

溫弗利小姐緩緩地說：「我知道她和她的男朋友——就是在修車廠工作的吉姆．哈維，一個最可靠、最優秀的青年——吵過架。我知道報上常常有年輕人殺害女朋友那種可怕的事，但我真的不敢相信吉姆會幹出這種事來。」

陸加點點頭。

溫弗利又接著說：「而且，我也不相信他會下那種毒手……爬上她的窗口，把那瓶咳嗽藥換成毒藥。我是說，這看起來不像……」她猶豫著。

陸加及時地替她接下去。

「不像情人生氣時會做的事，對吧？我同意你的看法，我認為我們可以馬上排除吉姆．哈維的嫌疑。殺死艾蜜的人——我們都同意是他殺——是嫌她礙事，而且精心犯下這件謀殺案，讓別人以為是意外。好了，你有沒有想過，這個人可能是誰？」

溫弗利說：「不，說真的，我一點都不知道！」

「是嗎？」

「是……是真的。」

陸加若有所思地看著她，覺得她說的並非實話，又問：「你也不知道什麼人有殺她的動機？」

「我什麼都不知道。」她的答案比剛才更篤定。

「她在亞許威奇伍的很多人家裡做過事嗎？」

「她曾經在霍頓家做過一年，然後去了費菲德勳爵家。」

陸加迅速扼要地說：「這麼說，事情是這樣的：有人想除掉這個女孩，從目前已知的事實，我們先假定凶手是男的，而且為人保守……這一點可以從他使用的帽漆看得出來；其次，那個人的身手一定還算靈活，因為他應該是從屋外爬上那個女孩的房間窗口。你同意這些假定嗎？」

「完全同意。」溫弗利小姐說。

「我想親自去試試看，你不介意吧？」

「當然不。我覺得你的主意挺不錯的。」

她帶他從側門出去，繞到後院。陸加沒費多大勁就爬上了外屋的屋頂，然後輕鬆地拉開女孩房間的窗戶，再費點力氣就跳進了她房裡。幾分鐘後，他又回到下面的走道和溫弗利小姐見面。他一邊擦手一邊說：「實際上比看起來更容易，有些力氣就行，窗台上或外面沒有留下什麼痕跡嗎？」

溫弗利小姐搖搖頭。

「我想沒有。當然啦，警察也是這樣爬上去的。」

「所以即使有，也會被認為是他留下的，警察可幫了凶手的大忙了！唉，老是這樣。」

溫弗利又帶路回到屋裡。

「艾蜜·吉布司睡得沉嗎？」

溫弗利小姐尖刻地說：「早晨把她叫起來可真難，有時我敲了半天門，又叫了很久，她才醒來。不過你也知道，菲茨威廉先生，有句俗話說：『沒有比充耳不聞更耳背的人』。」

「那倒是真的，」陸加說，「好了，溫弗利小姐，現在我們再來談談動機問題。先從最顯而易見的動機說起，依你看，愛渥西那個傢伙與這個女孩之間，會不會有什麼不可告人的祕密？」他又匆匆加了一句：「我只是請問你的看法，沒別的。」

「如果光談看法，我會說，是的。」

陸加點點頭，又說：「依你看，艾蜜這個女孩會不會牽扯上敲詐勒索之類的事情？」

「我再說一遍，如果只談看法，我的確覺得很有可能。」

「你是否知道她死時是不是很有錢？」

溫弗利小姐想了想，說：「我想並沒有。如果她有什麼來路不明的錢，我應該會聽到一點消息。」

「她死之前也沒有突然大肆揮霍？」

「我想沒有。」

「這麼說，敲詐勒索的可能性就小多了。被敲詐的人通常會先付前金，然後才決定採取極端的行動。還有另一種可能，這女孩也許知道一些事。」

「哪種事？」

「對亞許威奇伍某個人構成威脅的事。我們不妨假設，她在很多人家裡做過傭人，也許她知道一件……比方說，對艾博特先生事業不利的事。」

「艾博特先生？」

陸加迅速地說：「或是有關托馬斯醫生的某種不道德行為。」

溫弗利小姐說：「可是，當然啦……」

然後她就打住了。

陸加接著說：「你說過，霍頓太太死的時候，艾蜜正在霍頓家做傭人。」

溫弗利小姐遲疑了一會兒才說：「請你告訴我，菲莰威廉先生，為什麼你要扯上霍頓夫婦？霍頓太太都去世一年多了。」

「對，而且艾蜜當時就在他們家做事。」

「我懂了，霍頓夫婦和這件事有什麼關係呢？」

「我也不知道，只是在猜想。霍頓太太是得了急性胃炎去世的，對吧？」

「對。」

「她是不是死得很突然？」

溫弗利小姐緩緩地說：「我覺得很突然。你知道，她本來已經好多了，聽說好像快康復了，卻又突然舊病復發，很快就死了。」

「托馬斯醫生是不是很驚訝？」

「我不知道，我想是的。」

「護士呢？她們怎麼說？」

「根據我以往的經驗，」溫弗利小姐說，「醫院護士從來不會對病情突然惡化覺得意外，能迅速康復才會使她們意外。」

「可是你對她的死感到意外嗎？」陸加又問。

「對，我前一天還和她在一起，當時她看起來好多了，有說有笑好像非常高興。」

「她覺得自己的病情怎麼樣？」

「她抱怨護士想毒死她，所以趕走了一個，可是她說另外兩個也一樣壞。」

「我想你大概沒把她的話放在心上。」

「嗯，對，我想她那麼說完全是生病的緣故。她是個疑心病很重的女人，而且……雖然這麼說有點不太好，但她真的很自以為是。醫生都不了解她的病情，事實上也不容易了解，我想要不是她的病太複雜，就是有人想『除掉她』。」

陸加盡量不動聲色地說：「她有沒有懷疑過是她丈夫想除掉她？」

「噢，沒有，她從來不曾這麼想過！」

溫弗利小姐停了一會兒，又平靜地問：「你是這麼想的嗎？」

陸加緩緩地說：「曾經有丈夫謀害妻子並逍遙法外的案例。而霍頓太太又是個任何男人都想擺脫的女人。據我所知，她死了以後，他繼承了一大筆遺產。」

「是的。」

「對此你有何感想，溫弗利小姐？」

「你要聽我的意見？」

「對，就是你的意見。」

溫弗利小姐平靜且不慌不忙地說：「我認為，霍頓少校對他太太很忠心，絕對不會幹出這種事。」

陸加看著她，她也用溫和的琥珀色眼睛回望他，目光毫無猶豫。

「好吧，」他說，「我想你大概是對的，如果不是這麼回事，你可能會知道。」

溫弗利小姐難得露出一笑，說：「你覺得我們女人的觀察力很敏銳？」

「你們絕對是一流的觀察家。你認為平克頓小姐是不是同意你的看法呢？」

「我好像從未聽過列薇娜對這件事發表意見。」

「她對艾蜜．吉布司之死有什麼看法？」

溫弗利小姐皺皺眉，好像在思考著，然後說：「很難說，列薇娜有個很奇怪的想法。」

「什麼想法？」

「她覺得亞許威奇伍發生了一些怪事。」

「比如說，有人從窗口把湯米．皮爾思推下去？」

溫弗利小姐吃驚地凝視著他，問道：「你是怎麼知道的，菲茨威廉先生？」

「是她告訴我的。雖然沒有說得這麼清楚，但大概就是這個意思。」

溫弗利小姐身子向前傾，微紅著臉興奮地說：「是什麼時候的事，菲茨威廉先生？」

陸加平靜地說：「她被撞死那天，我們一起搭火車到倫敦。」

「她究竟說了些什麼？」

「她說近來亞許威奇伍死了很多人，她提到艾蜜．吉布司、湯米．皮爾思，還有卡特，她還說亨伯比醫生將是下一個。」

溫弗利小姐緩緩地點點頭。

「她有沒有說是誰幹的？」

「一個有某種眼神的男人，」陸加嚴肅地說，「按照她的說法，你不可能會錯認那種眼神。那個男人和亨伯比說話的時候，她看見他又帶著那種眼神，所以她說亨伯比會是下一個遇害的人。」

「果然不出我所料，」溫弗利小姐輕聲道，「噢，天哪！天哪！」

她靠在椅背上，露出驚慌的眼神。

「那個男人是誰？」陸加說，「告訴我，溫弗利小姐。你知道，你一定知道。」

「我不知道，她沒告訴我。」

「但是你可以猜得到，」陸加急切地說，「你一定很清楚她懷疑的是誰。」

溫弗利小姐不太情願地低下頭。

「那就請你快告訴我。」

可是溫弗利小姐卻拚命地搖著頭說：「不，不行，你這個要求實在超乎情理！你要我猜一個死去的朋友心裡可能想些什麼，我不能這樣指控別人！」

「這不是指控，只是意見。」

沒想到溫弗利小姐卻非常堅決，她說：「我沒有什麼可說的，一點都沒有。實際上列薇娜從來沒有跟我說過任何事。也許我可以猜測她可能知道是誰，但是你知道，我也許會錯得很離譜，那不就害你誤入歧途，甚至造成很嚴重的後果？說出一個人的名字實在太惡毒、太不公平了，而且我說過，我也許會錯得離譜，事實上我很可能現在就錯了！」

她緊抿著雙唇，堅決而嚴肅地看著陸加。

陸加知道遭遇失敗時該怎樣去面對它。他知道溫弗利小姐的正義感和另外一種更難確定的不安全感都對他不利。他不失體面地接受失敗，起身道別，打算以後再重提這件事，不過他並未立刻表現出來。

「當然，既然你已打定主意，那就照著去做吧。」他說，「謝謝你幫了這麼多忙。」

溫弗利小姐陪他走到門口時，似乎又變得沒那麼堅決了。

她說：「希望你不要認為……」但是她很快又改口道：「要是還有什麼事要我幫忙，請你務必告訴我。」

「我會的，請不要把我們的談話內容告訴別人，好嗎？」

「那當然，我會守口如瓶。」

陸加希望她信守承諾。

「替我向布莉姬問好，她真是個端莊的女孩，不是嗎？而且她很聰明，我……我希望她未來能幸福快樂。」

看到陸加露出疑惑的表情。她又補充道：「我是說她與費菲德勳爵的婚事。他們的年齡實在相差太大了。」

「是的，的確是。」

溫弗利小姐嘆了口氣，出乎意料地說：「你知道，我曾經和他訂過婚。」

陸加非常驚訝地凝視著她。

她點點頭，有點悲哀地笑笑說：「那是很久以前的事了。那時候他是個前途一片大好的年輕人。你知道，我幫著他自學。他那種……那種精神和決心成功的態度真令我佩服。」她又嘆了口氣。「當然，我們家的人都反對這樁婚事。那時候的門第觀念很重。」過了一兩分鐘，她又說：「我一直非常關心他的事業，我想，我家人的觀念是錯了。」

接著她微微一笑，向他點頭告別之後，就回屋裡去了。

陸加努力地整理自己的思緒，他本來認為溫弗利小姐已經很「老」了，現在才知道她可能還不到六十歲。費菲德勳爵一定五十好幾了，她至多比他大上一兩歲，可是他現在卻要和布莉姬結婚。布莉姬才二十二歲，年輕又充滿活力……

陸加想：「呸！去他的！別想這件事了。這件案子，我要好好追查下去！」

14 陸加對案情的沉思默想

艾蜜．吉布司的姑姑是丘奇太太，她實在很不討人喜歡。尖尖的鼻子，狡猾的眼睛，還有那張嘮叨的嘴巴，都使陸加感到十分厭惡。

他故意裝作粗率無禮的樣子，沒想到這一招卻很奏效。他告訴她：「你必須盡量回答我的問題，要是你故意隱瞞或歪曲事實，後果也許會對你很不利。」

「是的，先生，我知道了。我真的很願意把我所知道的全部告訴你，只是我從來沒有和警察打過交道。」

「而且你也不願意，對吧？」陸加打斷她的話。「好，只要你照我的話做，就不會惹上這種麻煩。我想知道關於你死去的侄女的一切，像是她有些什麼朋友、收入來源、說過什麼不尋常的話等等。好了，我們先從她的朋友說起，她有哪些朋友？」

丘奇太太用她那令人不快、狡猾的眼神對他斜睨了一眼，然後說：「你是說男性朋友吧，先生？」

「她有女性朋友嗎？」

「嗯，可以說……幾乎沒有，先生。當然，她也為一些太太小姐幫過傭，可是艾蜜不大和她們來往。你知道……」

「她更喜歡男性。說下去，照實說。」

「她真正的男朋友是修車廠的吉姆．哈維。先生，他是個穩重的好小子，我跟她說過好多次：『你找不到更好的男朋友了。』」

陸加插嘴。

「還有其他人嗎？」

她又用狡猾的眼神看看他。

「我想，你是指她和古玩店老闆的關係吧？我不喜歡那件事，也不怕實話實說，先生。我一直是個受敬重的人，也不能忍受調情的行為！可是這年頭的女孩子啊，跟她們說也沒用，她們老是我行我素，總有一天會後悔的。」

「艾蜜有沒有後悔過？」陸加率直地問。

「沒有，先生，我不認為。」

「她死的那天，曾經去托馬斯醫生那裡看過病，這該不會是她的死因吧？」

「不，先生，我幾乎可以肯定不是。哦，我敢發誓不是！艾蜜一直覺得不舒服，其實只是咳嗽和重感冒，不是你所說的那種事，一定不是，先生。」

「我相信你的話，她和愛渥西的關係發展到什麼程度了？」

丘奇太太斜眼看了他一下。

「我不確定，先生，艾蜜不大信任我。」

陸加簡短地說：「可是他們的關係已經匪淺了嗎？」

丘奇太太平靜地說：「那位先生在這裡聲名狼藉，先生，各種傳言都有，他常常有朋友從城裡來，半夜裡一起在那個女巫草坪搞一些怪名堂。」

「艾蜜去過嗎？」

「她還真的去過一次，先生，整夜都待在外面。當時她在莊園做事，勳爵發現之後，狠狠地說了她一頓，她也不客氣地頂撞，結果就被解雇了，這當然是意料中的事。」

「她是否和你談過她雇主的事？」

丘奇太太搖搖頭。

「不多，先生，她最關心的還是自己。」

「她也在霍頓家幫傭過一陣子，對吧？」

「將近一年，先生。」

「為什麼離開呢？」

「只是為了換個好工作。當時莊園有個空缺，而且當然啦，那邊薪水也比較高。」

陸加點點頭，又問：「霍頓太太死的時候，她正在霍頓家做事，對吧？」

「是的，先生，她發過不少牢騷，因為霍頓家請了兩個護士照顧霍頓太太，所以又添了兩個人的活，得多洗一些盤子什麼的。」

「她沒有在艾博特律師那兒做過事嗎？」

「沒有，先生，艾博特先生已經有一對夫婦幫他料理家務。艾蜜去他辦公室找過他一次，但我不知道為了什麼。」

陸加記下這一點可能相關的小事，不過既然丘奇太太對這件事只知道這麼多，他就沒有再繼續問下去。

「村子裡還有其他紳士與她往來嗎？」

「沒有什麼值得一提的人了。」

「別這樣，丘奇太太，記得，我要你說實話。」

「那算不上是什麼紳士，先生，差得遠了。事實上她那樣做只會降低自己的身分，我也是這麼對她說的。」

「能不能再說清楚一點，丘奇太太？」

「你大概聽說過七星酒店吧，先生？那可不是什麼好地方，酒店老闆哈里．卡特也不是一個情趣高雅的傢伙，十天有九天都是醉醺醺的。」

「艾蜜和他要好過？」

「和他散過一兩次步，我想沒有什麼別的意思，真的，先生。」
陸加沉吟著點點頭，又換了一個話題。
「你認不認識一個叫湯米・皮爾思的小男孩？」
「什麼？皮爾思太太的兒子？當然認識，老是調皮搗蛋。」
「他有沒有常常去找艾蜜？」
「沒有，先生，要是他想對她惡作劇，艾蜜肯定馬上給他一耳光，把他趕走。」
「她在溫弗利小姐那裡做事快樂嗎？」
「她覺得有點不帶勁，先生，薪水也不高。不過當然啦，她被亞許莊園解雇後，要找個好工作就沒那麼容易了。」
「我想她也可以到外地去吧？」
「你是說到倫敦去？」
「或者其他地方。」
丘奇太太搖搖頭，緩緩地說：「在那種情況下，艾蜜並不想離開亞許威奇伍。」
「你說『在那種情況下』是什麼意思？」
「她與吉姆和古玩店那位紳士的事。」陸加沉吟著點點頭。丘奇太太又說：「溫弗利小姐人不錯，可是對於擦拭銀器、銅器以及整理被褥都很重視，要不是在其他方面還能找到一些樂趣，艾蜜絕對受不了溫弗利小姐的小題大做。」

「我可以想像得到。」陸加平淡地說。

他在心裡盤算了一下，已經沒有其他問題好問了，也相信丘奇太太已經把所知道的事都說出來了。不過他又做了最後一次試探。

「我想你可能猜到這些問題的用意。艾蜜死得相當可疑，我們不相信是意外。如果不是意外，你應該知道是什麼了吧！」

丘奇太太用一種頗為嗜血的語氣說：「謀殺！」

「沒錯。好了，假定你侄女確實是被殺了，你覺得誰最有可能是凶手？」

丘奇太太在圍裙上擦擦手，意味深長地說：「如果警方因此而破案，應該會發一筆獎金吧。」

「也許吧。」陸加說。

「我不想說得太滿。」丘奇太太用饑渴的舌頭舔了舔薄嘴唇。「古玩店那位紳士實在很古怪。你還記得『卡斯特案』那個可憐的女孩吧？警察發現她的分屍被掛在卡斯特在海濱的一棟平房裡，後來又發現五、六個可憐的女孩也遭遇同樣的下場。也許這位愛渥西也是那種類型的人。」

「你覺得是這樣嗎？」

「嗯，事實可能就是這樣，先生，不是嗎？」

陸加承認有這種可能，接著又說：「德比賽馬那天下午，愛渥西先生在不在村子裡這點非常重要。」

丘奇太太瞪大了眼睛說：「德比賽馬那天？」

「對，就是兩星期前的星期三。」

她搖搖頭說：「說真的，我也不敢確定，他星期三通常不在，多半會進城去。你知道，他星期三很早就關門。」

「哦，」陸加說，「很早關門。」

他與丘奇太太道別，沒理會她在背後暗示她的時間寶貴，應該得到金錢補償等等。他發現自己很不喜歡丘奇太太，不過剛才和她的一番交談收穫雖然不大，卻也有幾點值得參考的地方。

陸加仔細地在腦子裡回顧一遍與案情有關的事，沒錯，想來想去還是那四個人：托馬斯、艾博特、霍頓和愛渥西。他覺得溫弗利小姐的態度正好證明他的想法沒錯。她一直不願意指出是什麼人，好像有難言之隱。那一定是表示她所猜測的那個人在亞許威奇伍相當有地位，只要稍加暗示，都可能傷害到那個人。這和平克頓小姐決心向蘇格蘭警場告發一事，也是不謀而合。村子裡的警察必然對她的懷疑一笑置之，因為這不是一個屠夫、麵包師、蠟燭製作師傅或小小的汽車技工幹的。要指控那個人犯下謀殺罪，是一件很不可思議、很嚴重的事。現在陸加知道嫌疑犯可能有四個，接下來，他一定要更謹慎地採取行動，一一調查這四個人，看看兇手究竟是誰。

先分析一下溫弗利小姐百般不願確實指出是什麼人這一點。她是個誠實謹慎的人，知道平克頓小姐懷疑什麼人，可是正如她所說的，那只是她個人的猜測。

很可能她猜得不對。那麼，溫弗利小姐腦子裡想的究竟是誰呢？她擔心自己一旦說出來，搞不好會傷害一個無辜的人。所以，她懷疑的對象一定很有地位，受到大家的尊敬和愛戴。陸加覺得，這樣一來就把愛渥西排除在外了。在亞許威奇伍，他其實是個外來客，在當地名聲也很不好。陸加相信，如果溫弗利小姐腦子裡的嫌犯是愛渥西，她一定不忌諱說出他的名字。因此，對溫弗利小姐來說，愛渥西就根本沒列入考慮。

好，現在再看看其他人。陸加相信霍頓少校其實也可以排除。因為溫弗利小姐用略帶親切的口吻反駁霍頓毒死妻子的可能性。要是她懷疑他後來殺過其他人，就絕對不敢那麼確定他與他太太的死無關。

這麼一來，就只剩下托馬斯醫生和艾博特先生。這兩個人的條件都很符合：職業高尚，沒傳出過任何醜聞。大致說來，他們都很受歡迎和愛戴，大家都認為他們誠實、正直。

陸加再從其他角度來考慮案情：他真的能排除愛渥西和霍頓嗎？不，他立刻搖搖頭，事情沒這麼簡單。平克頓小姐的確知道那個人是誰，她和亨伯比醫生都遇害了，這就是明證。不過平克頓小姐實際上從未向荷諾亞．溫弗利小姐提及這人是誰。因此，雖然溫弗利小姐以為自己知道，但她也可能猜錯了。我們常以為知道別人在想什麼，可是有時候我們不但猜錯，還錯得很離譜。

因此，這四個人還是都有嫌疑。平克頓小姐已經死了，再也不能幫他的忙。

陸加只能一如往常，完全靠自己去權衡、分析各種證據，考慮誰最可能做案。

他先從愛渥西考慮起。從表面上看，愛渥西最有可能是凶手。他的行為變態，很可能有性變態的性格，或許很容易淪為一個嗜血成性的殺人狂。

「不妨這樣，」陸加自語道，「輪流把每個人當成嫌疑犯。比如說，先假設愛渥西就是殺人凶手，然後再按照時間的先後順序，來對照所有可能是被害者的人。首先是霍頓太太，很難看出愛渥西之所以要除掉她的動機；不過關於他可能使用的手段，我倒是知道。霍頓曾說她服用過愛渥西的偏方，也許他就是趁機加了些砒霜之類的毒藥進去。問題是：為什麼？

「再看看其他被害者。艾蜜．吉布司，愛渥西為什麼要殺她呢？理由很明顯，因為她很令人討厭。也許他食言之後，她威脅要採取行動？或許她協助過他的午夜祕密宗教儀式，然後威脅要說出去？費菲德勳爵在亞許威奇伍很有影響力──根據布莉姬的說法──而且是個道德感很強的人。要是愛渥西有些什麼傷風敗俗的嚴重行徑，也許他會親自出面制止，於是愛渥西就想幹掉艾蜜？我想，凶手應該不是個嗜血成性的傢伙，因為那和凶手所用的手段不符。

「下一個是誰，卡特嗎？為什麼要殺卡特？卡特不可能知道他們午夜祕密宗教儀式的事……不過也許艾蜜告訴過他？卡特漂亮的女兒是不是也牽扯其中？愛渥西有沒有向她求愛？我應該去看看露西．卡特。也許卡特只是罵過愛渥西，愛渥西就很生氣。要是他已經殺過一兩個人，一定不在乎為了一丁點小事再殺一個人。

「再看看湯米．皮爾思。愛渥西為什麼要殺湯米．皮爾思？很簡單，湯米幫他舉辦過午夜祕密宗教儀式，並威脅說要告訴別人。也許湯米已經說出去了，所以就讓他永遠閉上嘴。

「亨伯比醫生呢？愛渥西為什麼要殺亨伯比醫生？原因再簡單不過了。亨伯比是個醫生，他發現愛渥西的精神不正常，或許準備採取什麼行動，所以亨伯比就非死不可。不過所用的手段有一個很大的疑問：愛渥西怎能確定亨伯比一定會死於血液中毒？還是亨伯比死於其他原因，而他的手指中毒只是巧合？

「最後還有一位受害者，平克頓小姐。愛渥西星期三很早關門，那天他也許進過城。不知道他有沒有車？我從未見過他開車，但這不能證明什麼。他知道她懷疑他，不願意冒險讓她去蘇格蘭警場，否則萬一他們相信她的故事呢？或許他們已經知道他所幹的一些事了？

「這些都是對愛渥西不利的證據，那麼對他有利的證據是什麼呢？首先，他一定不是溫弗利小姐認為平克頓小姐會起疑的對象。其次，他和我心中模糊的印象很不一致，因為當平克頓小姐提及那個人的時候，我心中浮現出一位男子的形象……但不是愛渥西那種男人。我覺得她談論的是一個十分正常的男人，至少從表面上來看，是誰也不會懷疑的那種人。可是愛渥西很容易讓人覺得可疑。不對，我覺得那個形象應該更符合……托馬斯醫生。

「好，現在來看看托馬斯。托馬斯這個人怎麼樣？我和他聊過之後，就把他從嫌疑名單上畫掉了，他是個謙遜的好小子。但問題在於，殺人犯也可能是個不裝腔作勢的好人……除非我完全猜錯了，人們絕對想不到這樣的人會是殺人凶手，而托馬斯就給人這種感覺。

「好吧，還是再從頭比對。托馬斯為什麼要殺死艾蜜・吉布司？說真的，看起來很不可能，不過她過世當天去他那裡看過病，而且他的確也給了她一瓶咳嗽藥。假如那真是草酸，這招實在既簡單又聰明。當別人發現她中毒時，究竟請了哪一位醫生呢？亨伯比還是托馬斯？如果是托馬斯，他去的時候，只要在口袋裡放瓶帽漆，趁人不注意的時候擺在桌上，然後裝模作樣地把兩個瓶子都拿回去化驗。大概就是這麼回事，只要夠冷靜，這不是難事。

「湯米・皮爾思呢？我看不出他可能有什麼動機。托馬斯醫生的問題是很難找出他的動機，連瘋狂的動機都沒有。卡特也一樣，托馬斯醫生為什麼要幹掉卡特？我只能假定艾蜜、湯米和卡特都知道托馬斯醫生有一件見不得人的事。哦，對了，假設那件事是與霍頓太太的死有關。托馬斯醫生是她的主治醫生，不料她的病情突然惡化，而且死了。他可以輕而易舉找理由替自己開脫，別忘了，艾蜜・吉布司當時就在霍頓家做事，她或許看到或聽到什麼，所以注定該死。有足夠的證據顯示，湯米・皮爾思是個很愛打聽別人私事的小男孩，也許他知道了什麼。那卡特呢？說不定艾蜜・吉布司告訴過他，他又可能在酒店裡喝醉時說給別人聽，所以托馬斯決定也讓他閉嘴。當然，所有這些純粹都只是猜測，可是除此之外又能怎麼樣呢？

「現在看看亨伯比。啊！終於出現一樁順理成章的命案，有充分的動機和理想的做案手段。沒有誰比托馬斯醫生更方便讓他的合夥人血液中毒，他每次替亨伯比換藥、包紮傷口時，都可以讓它重新感染一次，但願前面幾件命案的可能性再大一點就好了。

「平克頓小姐呢？她的遇害就更難解釋了。但是有件事是毫無疑問的：托馬斯醫生在德比賽馬那天至少有大半天不在亞許威奇伍，他說他去接生，或許是，不過他開車離開威奇伍也是事實。還有別的什麼？對了，還有一件事，那天我離開他診所時，他看著我的目光好像很高傲，他的微笑就像明知道把我引入歧途還幸災樂禍的樣子。」

陸加嘆口氣，搖搖頭，繼續進行推理。

「艾博特呢？他也很有可能。外表正常、富有、受人尊敬，最不可能是凶手的人，而且他很自負，有信心。凶手通常都是這樣，過於自負。總是以為自己一定能逍遙法外。艾蜜．吉布司找過他一次，為什麼？她找他有什麼事，進行法律諮詢嗎？為什麼？或者只是為了個人私事？有人說湯米曾經看到一位小姐的來信，是不是艾蜜．吉布司寫的？還是霍頓太太寫的，卻落在艾蜜．吉布司的手裡，讓她抓住把柄？還有哪個小姐可能寫過這麼神祕的信給他，結果不小心被辦公室小男孩看到，並讓他大發雷霆呢？還有什麼有關艾蜜．吉布司之死的證據？帽漆？使用這種東西的人確實有點守舊，而像艾博特這種人對女人的觀念往往很保守。他是那種舊式的調情者。湯米．皮爾思呢？很明顯，他就是因為這封信而死，那肯定是一封事關重大的信。卡特呢？嗯，他和卡特的女兒有關係，但是艾博特可不想鬧出醜聞……像卡特這樣卑鄙凶殘的笨蛋竟敢威脅他！他……他已經巧妙地成功殺掉兩個人！於是把卡特也幹掉！趁著某個月黑風高的晚上，看準了便一把將他推下河！說真的，這樣殺人簡直太容易了。

「我對艾博特的心態了解嗎？我想是吧。被一位老小姐看在眼裡的凶惡眼神……她很可能就是在設想跟他有關的事。還有，他和亨伯比吵過架。老亨伯比竟然敢——和這個聰明的律師兼殺人凶手——唱反調！『他自找的！竟敢恫嚇我！』亨伯比那個老傻瓜，絲毫不知道對方心裡的念頭。

「然後呢，後來發生了什麼事？他轉頭看見列薇娜．平克頓的眼睛，於是他的眼神露出畏縮之情，那是一種內疚。他一向吹噓不受人質疑，現在卻很明顯地引起了別人的猜疑。平克頓小姐知道他的祕密，知道他幹了些什麼。對，可是她拿不出任何證據。假定她到處尋找證據，或者到處跟人說，或者……由於他對人的判斷相當準確，猜出她最後會做什麼。他擔心萬一她真的把她的想法親自告訴蘇格蘭警場，他們也許會相信她，並且開始調查。他不得不孤注一擲以防萬一。艾博特有車嗎，或者他在倫敦租了一輛？不管怎麼說，德比賽馬那天他不在亞許威奇伍。」

陸加又再度停頓下來，他想得太入迷了，發現一下子很難從一個嫌疑犯轉到另一個嫌疑犯。他不得不等上一兩分鐘，才能平靜下來，開始想像霍頓少校是個成功的殺人凶手。

「先假設霍頓殺了他太太。他可沒有少受她的氣，而且她一死，他就可以得到大筆遺產。為了裝得逼真，他必須假裝對她忠心耿耿？他一直保持著這種姿態，有時候，不妨說他表演得太過火了一點？

「很好，他成功殺了一個人。下一個是誰？艾蜜・吉布司。對，很有可能。艾蜜當時在他家做傭人，也許她看到了什麼，比如少校給他太太服用一種有鎮定作用的牛肉汁或粥？她本來不知道那一幕有什麼意義，直到霍頓太太死了她才明白。霍頓少校想到帽漆這種把戲是很合理的事，因為他是個很陽剛的男人，對女性裝飾品一點都不了解。這樣一來，艾蜜・吉布司的死就真相大白、沒有什麼問題了。

「醉鬼卡特呢？也一樣。艾蜜告訴了他什麼祕密，於是少校又乾脆除掉他。

「現在來看看湯米・皮爾思。還是從他喜歡打聽別人私事的性格入手。也許他在艾博特辦公室看到的那封信是霍頓太太寫的，抱怨說她丈夫想毒死她。這只是胡亂猜測，不過也真的有可能。不管怎樣，少校察覺到湯米對他構成了威脅，於是湯米遭到和艾蜜、卡特同樣的下場。所有這些都非常簡單，做起來容易，說起來也很合理。殺人不難？我的天哪，一點都沒錯！

「可是，接下來就有一個比較困難的問題：亨伯比。殺亨伯比的動機何在？不清楚。亨伯比本來是霍頓太太的家庭醫生，是不是亨伯比覺得她的病很奇怪，於是霍頓又說服他太太換成年輕又不那麼多疑的托馬斯醫生。倘若如此，為什麼他隔了那麼久之後才覺得亨伯比對他構成威脅呢？真難懂……亨伯比死的方式也很難解釋。手指中毒好像和少校沒什麼關係。

「平克頓小姐呢？嗯，很有可能是少校下的手，霍頓有車，我見過，那天他不在亞許威奇伍，據說是去看德比賽馬了，也許是真的，對。霍頓是不是冷血殺手，是不是？到底是不是？要是我知道就好了。」

陸加凝視著前方，緊鎖眉頭思索著。

「凶手就是這幾個人當中的一個，我覺得不是愛渥西，但是也有點可能。看起來他最有可能。托馬斯好像非常不可能，不過如果從亨伯比遇害的方式來看，血液中毒絕對是個懂醫術的凶手幹的。凶手也可能是艾博特，對他不利的證據雖然沒有別人多，但我還是覺得有點可能。對，其他人不具備的做案條件，他反而具備。此外，也可能是霍頓，他多年來一直受太太的欺壓，覺得自己無足輕重……對，有可能。可是溫弗利小姐覺得他不是凶手，她不是傻瓜，也了解被害人以及他們遇害的地方。

「她到底懷疑誰呢？是艾博特還是托馬斯？一定是兩人當中的一位。要是我直接問她：『到底是其中的哪一個？』也許她就會告訴我。可是即便如此，她說的也可能不對，因為無法要她像平克頓小姐那樣證明她猜得沒錯啊！證據！我需要的是更多的證據。要是再發生一件命案——只要一件——我就知道凶手是誰了。」

他突然停下來，低聲說：「我的天，難道要再死一個人才能破案嗎？」

15 勳爵司機的無禮之舉

陸加在七星酒店喝酒時覺得有點尷尬。他一進酒店，在店裡喝酒的農民們便瞪大了六、七雙眼睛緊盯著他的一舉一動，交談也立刻停止了。陸加隨意對收成、天氣狀況、足球彩票等普通話題發表了一些看法，可是大家半點反應都沒有。要是他判斷得沒錯，櫃檯後面那個紅髮黑頰的漂亮女孩一定是露西．卡特小姐。他只好假裝向她獻殷勤，她愉快地與他打情罵俏，最後適可而止地咯咯笑著說：「你繼續鬧吧！顯而易見的，我相信你絕對不會當真！」

他還是又說笑了一會兒，不過看得出他的表演很呆板。

陸加覺得再待下去也不會有什麼收穫，就把啤酒喝完離開了。他沿著小路走到河邊的一座小橋，正當他站著審視這座橋時，背後響起一個顫抖的聲音。

「就是這裡，先生，老哈里就是從這裡掉下去的。」

陸加回頭一看，原來是剛才在酒店裡喝酒的一個傢伙。在酒店裡，他對陸加的話理都不理，現在卻顯然很樂意向他描述這個恐怖故事。那個老農人說：「他一腳沒踩穩掉進河裡，一頭栽進河中的爛泥裡，拔不出來了。」

「奇怪的是，他竟然在這個地方掉下去。」陸加說。

「他是喝醉了，的確醉了。」這個農人寬容地說。

「對，不過他以前一定喝醉酒從這裡經過很多次。」

「幾乎每天晚上，」對方說，「哈里老是喝得醉醺醺的。」

「也許是有人把他推下去。」陸加故意漫不經心地說。

「也許，」對方說，「但我想不出誰會幹這種事。」

「也許他有幾個仇人。他每次喝醉酒就會亂罵人，對吧？」

「他的話真讓人受不了，真是口無遮攔，可是任誰也不會朝一個喝醉酒的人推上一把。」

陸加沒再反駁，他顯然認為對喝醉酒的人趁火打劫是不道德的。聽到他這種想法，老農人感到很驚訝。陸加只好含糊地說：「唉，真可憐。」

「他老婆可一點都不傷心，」老農人說，「她和露西沒有什麼好傷心的。」

「也許還有別的什麼人恨不得除掉他？」

老人對這不大清楚，他說：「也許吧，但他對人實在沒有惡意。」

就在這已故卡特先生出事的地點，他們各自別過。

陸加朝著舊府邸走去。它前面的兩個房間專門辦理借還書業務。他從標明「博物館」的那道門走到它的後面，一個架子一個架子地觀賞那些不怎麼有趣的陳列品。其中有一些古羅馬時期的陶器和硬幣、一些南海珍品、一個馬來亞頭飾、一座標示著「霍頓少校捐贈」的各種印度神像，以及一尊面目凶惡的大佛像和一盒看來很可疑的埃及珠子。

陸加信步出來又走進大廳，裡面空無一人，他快步走上樓梯，樓上有一個放雜誌和報紙的房間，另外一間擺滿了非小說類書籍。陸加又上了一層樓，上面有一些擺滿他稱之為廢棄物的房間，裡頭放了被飛蛾咬過的鳥類標本、一堆堆破舊的雜誌，還有一個房間的書架上全是過時的小說和兒童讀物。

陸加走到窗邊。湯米．皮爾思一定在這上面坐過，他一邊吹口哨，一邊不時賣力地擦著窗戶，之後突然聽到有人進來，湯米立刻裝出努力工作的樣子，探出上身用力擦窗戶，這時候，那個人一邊說話一邊走過來，隨即猛力把他一推。

陸加轉身走下樓梯，在大廳裡站了一兩分鐘，誰也沒注意到他進來，誰也沒看到他上樓。陸加想：「任何人都能做到，真是太簡單了！」

這時，他聽到圖書館那邊有腳步聲傳來，既然他沒做任何壞事，不怕被人看見，當然可以站在那兒不動；可是如果他不希望別人看到他，只要向後退回到博物館的房間裡就行了，這是輕而易舉的事情。

溫弗利小姐從圖書館出來，腋下夾著一小疊書。她正在戴手套，看起來很愉快又忙碌。看到陸加，她立刻露出高興的表情，喊道：「噢！菲茨威廉先生，參觀博物館嗎？恐怕沒有什麼好看的東西。費菲德勳爵說他打算替我們弄一些真正有意思的展覽品來。」

「真的？」

「是啊，你知道，一些時髦的現代東西，就像倫敦科學博物館裡的那些。他說過要弄個模型飛機、火車和一些化學的東西。」

「那也許會比較有意思些。」

「是啊，我覺得博物館不該只有過去的舊東西，你說呢？」

「也許是吧。」

「像是展示一些食品方面的資訊：卡路里、維生素之類的。費菲德勳爵對『偉大的健身運動』非常熱心。」

「那天晚上他也談到過。」

「現在很流行這一套，對吧？費菲德勳爵對我說，他去過魏勒曼研究室，看到許多微生物、培養基和細菌什麼的。真使我不寒而慄。他還告訴我什麼蚊子啦、昏睡病啦、肝吸蟲啦，對這些我真是一竅不通。」

「費菲德勳爵或許也不大懂，」陸加愉快地說，「我敢打賭他一定全弄錯了。你的頭腦比他清楚多了，溫弗利小姐。」

溫弗利小姐平靜地說：「承蒙誇獎，可是女人的思想恐怕永遠不像男人那麼深邃。」

陸加極力壓抑想批評費菲德勳爵思想的欲望，他說：「我剛才的確參觀過博物館，不過後來又去看過頂樓的窗戶。」

「你是說湯米掉下去的地方？」溫弗利小姐顫抖了一下。「真是太可怕了。」

「對，想起來實在不愉快，我跟丘奇太太——艾蜜的姑姑——談過一小時，她可不是個好女人。」

「絕對不是。」

「我必須裝得很強硬，」陸加說，「我想她大概以為我是個高級警官之類的。」她發現溫弗利小姐表情陡然一變，接著說：「哦，菲茨威廉先生，你覺得這樣做明智嗎？」

陸加說：「我真的不知道，但我覺得這是沒辦法的事。假裝在寫書的那套說法快穿幫了，光靠那項藉口，實在問不出什麼東西。我不得不問一些和案情有直接關係的問題。」

溫弗利小姐搖搖頭，臉上還是一副很不安的表情。她說：「這種地方消息傳得很快！」

「你是說我上街的時候每個人都會說：『偵探來了！』我現在覺得無所謂了。其實那樣我反而可以了解到更多情況。」

「我不是指這個，」溫弗利小姐有點上氣不接下氣地說，「我是說『他』會知道你已經在追查他。」

陸加緩緩地說：「我想他一定會知道。」

溫弗利小姐說：「可是你不知道這樣做太可怕、太危險了嗎？」

「你是說，」陸加終於明白了她的意思。「你是說凶手會對我下毒手？」

「對。」

「真好笑！」陸加說，「我從沒想過這一點！但我相信你說得沒錯。嗯，那不是正中下懷嗎？」

溫弗利小姐認真地說：「我想你還沒意識到他是……多麼聰明！多麼小心謹慎！還有，別忘了，他犯案的經驗豐富，很可能比我們知道的更多！」

「對，」陸加若有所思地說，「也許真是這樣。」

溫弗利小姐大聲說：「噢，我不喜歡這樣！真的，我覺得太可怕了！」

陸加溫和地說：「你不必擔心，我向你保證，我會保持高度警覺。告訴你，我已經把嫌疑犯的範圍縮得很小了，也大概知道凶手是誰。」

她猛然抬起頭。陸加向她走近一步，低聲對她說：「溫弗利小姐，如果我問你，托馬斯醫生和艾博特先生兩個人當中，誰最有可能是凶手？你會怎麼回答？」

「這個……」

溫弗利小姐突然用手捂住胸口，後退一步，但是她的眼神使得陸加感到很困惑，因為她的眼裡流露出不耐煩，以及由此而生的難以言喻的神情，她說：「我無法回答。」

她突然轉身，發出一個奇怪的聲音，半是嘆息，半是啜泣。陸加不好再堅持，問她：

「你要回家嗎？」

「不是，我要將這些書帶給亨伯比太太，和你回莊園同路，也許我們可以一起走。」

「那太好了。」陸加說。

他們走下台階，向左轉，沿著林中草坪往前走。

陸加回頭看看他們剛離開的那棟輪廓莊嚴的房子，對溫弗利小姐說：「令尊在世的時候，這棟房子一定很漂亮。」

溫弗利小姐嘆了口氣說：「對，我們住在那裡的時候，快樂極了，值得慶幸的是，房子沒有被拆掉，許多舊房子都被拆掉重建。」

「我知道，真叫人難過。」

「而且那些新房子蓋得還不如舊房子好。」

「我想，恐怕經不起時間的考驗。」

「不過當然啦，」溫弗利小姐說，「新房子住起來便利多了，省得花費心力維護，也不必擦洗那麼大片的地板。」

陸加同意她的看法。

走到亨伯比醫生家的大門時，溫弗利小姐遲疑了一會兒，說：「今晚夜色真美，如果你不介意，我想再往前走一會兒，我喜歡這種氣氛。」

陸加雖然覺得有點意外，還是有禮貌地表示很高興與她同行。其實他覺得今晚算不上是個美麗的夜晚，冷風陣陣襲來，樹葉嘩嘩作響。他想，隨時都可能有暴風雨。但溫弗利小姐一手拿著帽子，假裝很愉快地走在他身邊，一邊和他談天，一邊微喘著氣。

亨伯比醫生家到亞許莊園最近的路不是走大道，而是穿過一條有點偏僻的小路，直達莊園的後門，他們走的就是這條路。這道門不是裝飾華麗的大鐵門，而是兩根好看的大門柱，上面有兩個粉紅色的石製大鳳梨。陸加不懂為什麼要做成鳳梨的形狀，不過他猜，費菲德勳爵或許覺得鳳梨顯得與眾不同、格調高雅吧。

他們走近那道門時，裡面傳來憤怒的聲音。一會兒，他們看到費菲德勳爵正在訓斥一個穿司機制服的年輕人。

「你被解雇了！」費菲德勳爵大聲說，「聽到沒有？你被解雇了！」

「爵士，請您高抬貴手，我下次絕對不敢了。」

「不行，怎麼可以就這樣算了！把我車子偷偷開出去，是我的車耶！還有，你居然喝了酒！不要否認，你明明喝了酒。我早就規定過，在我的莊園裡有三件事絕對不允許：一是酗酒，二是行為不端，三是沒禮貌！」

那個年輕人雖然沒有爛醉，卻也喝得有點管不住自己的舌頭了。他的態度驟然丕變。

「這個不准，那個不行，你這個老王八蛋！什麼你的莊園，你以為我們不知道你老爸以前是開鞋店的？真是笑死人了！瞧你那副趾高氣揚的模樣，活像公雞逛大街！我倒想知道你有幾兩重？告訴你，你根本比我強不到哪裡去，聽清楚了嗎？」

費菲德勳爵氣得滿臉脹成豬肝色，大聲吼道：「你居然敢這麼對我說話！你好大的膽子！」

年輕人又氣勢洶洶地向他走近一步，說：「要不是看你這麼可憐兮兮，活像頭突肚的小蠢豬，我一定揍你一拳，對，一定揍你一拳！」

費菲德勳爵急忙退後一步，不小心被樹根絆了一下，一屁股摔在地上，陸加連忙上前，對司機粗聲說道：「還不快滾！」

這時司機已經恢復了理智，露出恐懼的表情說：「對不起，先生，我不知道自己是怎麼啦，真的，我保證。」

「我相信只是多喝了幾杯。」

陸加邊說邊把費菲德勳爵扶起來。

「請你寬恕我，爵士。」那人支吾道。

「你一定會後悔的，里維斯。」費菲德勳爵氣得連聲音都顫抖著。

那人猶豫了一會兒，然後蹣跚地緩緩走開。

費菲德勳爵咆哮著罵道：「太沒禮貌了，太過分了！居然敢這樣對我說話，那傢伙一定會倒楣的！目無尊長！也不想想自己是什麼身分！想想看，我給了這些人多大的恩惠……高薪，舒適的享受，退休還有養老金，可是他們居然這麼忘恩負義，真是太可恥了！」

他激動地嗆住了，後來覺察到溫弗利小姐默默地站在一旁，才又開口道：「是你呀，荷諾亞。真抱歉，讓你看到這麼丟臉的事。那個傢伙說的話……」

「他大概發瘋了，費菲德勳爵。」溫弗利小姐一本正經地說。

「他喝醉了，他一定是喝醉了！」

「只有一點點醉。」陸加說。

「你們知道他幹了什麼事嗎？」費菲德勳爵看看陸加，又看看溫弗利小姐。「他把我的車開走……我的車！以為我沒那麼快就回來。布莉姬開雙人座車送我到萊因。沒想到這小子竟敢開著我的車帶女孩——我想是露西．卡特——出去兜風！」

溫弗利小姐溫和地說：「真是太不應該了。」

費菲德勳爵似乎稍感寬慰。

「就是啊，真不應該。」

「不過，我相信他一定會後悔的。」

「我會讓他受到懲罰。」

「你已經把他解雇了。」溫弗利小姐指出這點。

費菲德勳爵搖搖頭說：「那個傢伙一定沒有好下場！」他挺直胸膛，接著又說：「請到屋裡喝杯雪利酒，荷諾亞。」

「謝謝你，費菲德勳爵，我還要送這些書去給亨伯比太太。晚安，菲茨威廉先生，你現在沒事了。」

她對他微笑著點點頭，快步走開。她的態度就像保母把參加聚會的孩子送回家似的，陸加突然想到一件事，不禁倒吸了一口氣。溫弗利小姐是不是為了保護他才陪他回來呢？這種想法似乎有點荒唐可笑，但是……

費菲德勳爵的聲音打斷了他的沉思。

「荷諾亞．溫弗利是一個很能幹的女人。」

「我想的確非常能幹。」

費菲德勳爵朝屋子走去，腳步有點沉重，還用手輕輕搓著後背，最後他突然輕聲地笑著說：「我曾經和荷諾亞訂過婚，很多年前的事了。她當年很好看，不像現在這樣瘦得皮包骨，如今想起來好像有點好笑。她家當時在這裡可是名門望族。」

「是嗎？」

費菲德勳爵沉吟道：「老溫弗利上校可是這裡有頭有臉的人物，別人看到他都要舉手敬禮，他很老派，傲慢得不得了。」他又輕聲地笑著說：「荷諾亞宣布要嫁給我時，可闖了大禍了！她說自己是激進派，非常認真，一心想消除門第觀念。她是個嚴肅認真的女孩。」

「結果她的家人破壞了你們的婚約？」

費菲德揉揉鼻子說：「不，不完全是，事實上，我們是為了一件事吵了一架。她有一隻該死的鳥，一種叫個不停的金絲雀，我一向最討厭這種鳥，結果發生了一件不愉快的事：鳥的脖子被擰斷了……算了，現在談這些也沒用，忘了吧！」

他聳聳肩，好像想甩掉什麼不愉快的回憶，接著又有點急切地說：「我想她始終不曾原諒我。唉，這也難怪。」

「我想她已經原諒你了。」陸加說。

費菲德勳爵高興地說：「真的嗎？我太高興了。你知道，我很敬重荷諾亞。她是個能幹的女人，也是個淑女。就算在這種年頭，這仍然是難能可貴的事。她把圖書館管理得很好。」

這時他抬起頭，聲音為之一變，說道：「嗨！布莉姬來了。」

16 鳳梨

布莉姬走近時，陸加覺得自己全身肌肉都緊張了起來。

自從那天打網球後，他就沒和她單獨說過話，兩個人彷彿有默契似的，彼此都躲著對方。此刻，他偷偷看了她一眼。

令人氣惱的是，她看起來很平靜、冷淡，她輕鬆地說：「我正在想，你究竟發生了什麼事，戈登？」

費菲德勳爵咕噥抱怨道：「剛才吵了一架！里維斯那個傢伙今天下午竟然把我的勞斯萊斯開出去，太放肆了！」

「簡直是大逆不道。」布莉姬說。

「別跟我開玩笑，布莉姬，事情很嚴重，他開車帶一個女孩出去。」

「我想，如果他一個人正經八百地出去兜風也沒什麼意思。」

費菲德勳爵挺直身子說：「在我的莊園裡，不許有任何不道德的行為。」

「開車帶女孩子出去兜風，這也不算什麼不道德啊。」

「不過開我的車這麼做就是不道德。」

「那當然比不道德更嚴重，簡直就是對你的侮辱！可是你無法讓兩性彼此不相往來的，戈登。現在正值月圓時分，而且又是仲夏夜。」

「我的天，真的嗎？」陸加問。

布莉姬瞥了他一眼。

「你好像對這一點很感興趣？」

「沒錯。」

布莉姬轉身對費菲德勳爵說：「有三個引人側目的人到了鈴鐺與小丑旅館。第一位是個著短褲、戴眼鏡、身穿漂亮紫紅色絲襯衫的男士；第二位是女士，沒有眉毛，腰部套著鑲邊短裙，戴了一大串雜色的劣質埃及珠鍊，穿著拖鞋；第三位是個胖男士，穿著淡紫色西裝和同色鞋子。我猜他們可能是我們那位愛渥西先生的朋友，愛說閒話的人是這麼說的：『聽說有人在耳語，今晚女巫草坪將有狂歡舞會。』」

費菲德勳爵氣得滿臉通紅說：「我不准！」

「你無權干涉，親愛的，女巫草坪是公共財產。」

「我不許他們在村子裡進行反宗教的怪誕活動！我要在《醜聞》雜誌上揭露他們。」他頓了頓，又說：「提醒我把它記下來，請西德利寫篇文章，我明天必須進城去。」

「『費菲德勳爵與巫術之戰』，」布莉姬油腔滑調地說，「『寧靜的鄉村還盛行著中世紀的迷信』。」

費菲德勳爵困惑地皺眉看了她一眼，然後轉身走進屋裡。

陸加打趣地說：「你應該更賣力地工作，布莉姬。」

「你這是什麼意思？」

「要是丟掉這份工作就太可惜了。那一大筆財產沒到手，那些鑽石和珠寶也一樣。如果我是你，就該等到結婚典禮舉行之後再賣弄那種諷刺的天才。」

她冷冷地看了他一眼說：「你真是設想得太周到了。謝謝你對我的未來這麼關心。」

「我一向是與人為善，為人著想。」

「我倒是沒注意到。」

「是嗎？這可真讓我感到意外。」

布莉姬摘下一片爬山虎的葉子，問道：「今天你在做什麼？」

「還是照樣四處探查。」

「有什麼結果嗎？」

「像政客們說的，可以說有，也可以說沒有。對了，這房子裡有沒有工具？」

「大概有吧，什麼樣的工具？」

「哦，什麼方便的小工具都行。或許我能找到。」

十分鐘後，陸加從一個小櫥櫃裡挑出他要的東西。

「這些夠用了。」他拍拍裝著工具的口袋說。

「你是想偷偷溜進別人家？」

「也許。」

「這事你怎麼不跟我說一聲？」

「哦，我的處境本來就困難重重，非常難堪，我們星期六吵過架之後，我想我應該搬出去了吧。」

「要是你想徹底表現得像個紳士，的確應該搬出去。」

「但既然我相信自己很快就要找出那個殺人狂，也只好勉強留下來了。要是你能想出什麼令人信服的理由，好讓我搬進鈴鐺與小丑旅館，謝天謝地，那就請快點說吧。」

布莉姬搖搖頭。

「不行！一方面你是我表哥什麼的，另一方面旅館裡也住滿了愛渥西先生的朋友。旅館只有三間客房。」

「那我只好留下來了，不過你一定覺得很痛苦。」

布莉姬對他甜甜一笑。

「一點也不會，我隨時都能剝下幾張人頭皮來晾著。」

陸加感激地說：「那真是天大的笑話。布莉姬，我最欣賞你的地方，就是你冷酷的天性。好了，好了，失戀的情人要去換衣服準備吃晚餐了。」

晚上平靜地度過。陸加對費菲德勳爵的長篇大論顯得非常有興趣，專心地聆聽著，所以勳爵對他更加賞識。進入客廳後，布莉姬說：「你們這些男人在一起，話可真長。」

陸加答道：「難得費菲德勳爵談笑風生，所以時間一眨眼就過去了。他和我談他創辦第一家報社的經過。」

安特魯瑟太太說：「我覺得，花盆裡這些新栽的小果樹真是太棒了，你應該試著在陽台也種上一排，戈登。」

話題又回到了家常事物。

陸加很早就回房去了，但是他並未上床睡覺，他還有其他打算。

鐘聲剛敲十二點時，他穿上網球鞋悄無聲息地下了樓，穿過書房，從窗戶爬了出去。強風仍然陣陣吹來，偶爾也會安靜一下。白雲在天空疾馳而過，時常遮住月亮，所以一會兒就到處黑漆漆的，一會兒又灑滿明亮的月光。

陸加繞道來到愛渥西先生家。他覺得這次調查不會遇到什麼麻煩，因為他敢確定，在這個特殊的晚上，愛渥西先生和他的朋友會出門辦他們自己的事。陸加想，仲夏之夜他們一定有什麼儀式要舉行，他可以趁這個機會好好搜查一下愛渥西先生的房子。

他翻過兩道牆，繞到房子的背面，拿出口袋裡那些工具，挑了件合用的。他發現碗碟貯藏室的窗戶不難打開，幾分鐘後，他把閂子撥開，打開窗戶，一縱身跳了進去。

他口袋裡還有一支手電筒，但他盡量少用它，只是偶爾用來照路，免得碰倒東西。十五分鐘後，他滿意地發現屋裡確實空無一人，主人出門辦他自己的事去了。

陸加愜意地笑了笑，著手進行自己的工作。

他迅速且徹底地搜查每個角落。在上鎖的抽屜裡，除了兩三幅平庸的水彩畫之外，他發現一些令他刮目相看的藝術品。愛渥西先生的來往信件看不出有什麼祕密，但有些書——塞在一個櫥櫃背後的書——卻很值得注意。

除此之外，陸加又發現了三件不充分卻具有暗示意味的證據。第一件是小筆記本上潦草地寫下的「解決湯米．皮爾思」，日期就是那孩子死的前幾天。第二件是艾蜜．吉布司的素描，但他在她臉上憤怒地用紅筆畫了個大叉。第三件是瓶咳嗽藥水。分開來看，這三件東西證明不了什麼，但如果聯繫起來看，卻讓人很受激發和鼓舞。

陸加正把東西放回原處做最後整理，突然一愣，馬上關掉手電筒。

他聽到側門有鑰匙插進鎖孔的聲音，於是走到門邊從門縫往外瞧，希望愛渥西——如果來人是他的話——會直接上樓。

側門開了，愛渥西走進來，打開大廳的燈。

他走過大廳時，陸加看到他的臉，不禁倒吸一口涼氣。

他幾乎有點認不出那張臉了。愛渥西滿嘴都是泡沫，眼睛裡充滿了奇異狂喜的光芒，跳著小舞步神氣活現地走過門廳。但令陸加吃驚的是，他的手……上面沾滿了深褐色的東西，像是斑斑血跡……

愛渥西直接上樓，不一會兒，門廳的燈也熄了。

陸加又等了一會兒，才小心翼翼地走出門廳，仍舊從碗碟貯藏室的窗戶爬出去。他抬頭看看，但是屋子裡漆黑而安靜，他深深地吸了一口氣。

「我的天啊，那傢伙一定是瘋了！不知道他剛才幹了些什麼。我敢說，他手上沾的是血！」

他繞道回亞許莊園，正要拐進一條小路時，突然聽到一陣樹葉的沙沙聲，他立刻轉過身來問道：「誰？」

樹蔭下走出一個穿黑披風的修長身影，看起來怪異極了，陸加覺得自己彷彿連心跳都停了。一會兒，他才看清頭巾下那張蒼白的長臉。

「布莉姬？你真是嚇壞我了！」

她嚴厲地說：「你到什麼地方去了？我看見你出門。」

「所以你就跟蹤我？」

「沒有，你走得太遠了，我一直在等你回來。」

「你太傻了。」陸加嘟囔道。

布莉姬不耐煩地又問了一次：「你到哪裡去了？」

陸加愉快地說：「搜查了一下咱們的愛渥西先生的家，看看有什麼祕密。」

布莉姬嚇了一跳。

「你有……有沒有發現什麼？」

「很難說，不過我對那個蠢豬有了更多的了解，像是他的一些黃色下流嗜好，還發現三件也許很有啟發性的東西。」

她專心聆聽他搜查的結果，最後他說：「雖然這些都是微小的證據，不過，布莉姬，我正要走的時候愛渥西就回來了，我告訴你，這傢伙真是發瘋了！」

「你真的這樣覺得？」

「我看到他的臉，簡直……無法形容！天知道他剛才幹了些什麼勾當！興奮得不得了，而且手上還沾滿了東西，我敢發誓那是血！」

布莉姬顫抖著喃喃道：「太可怕了！」

陸加生氣地說：「你不該獨自一人出來，布莉姬，太大膽了，說不定有人會把你打昏。」

她顫抖地笑了笑說：「你也一樣啊，親愛的。」

「我會照顧自己。」

「我也很會照顧自己，你說過，我很堅強，又冷酷無情。」

一陣狂風吹來，陸加突然說：「把頭巾拿掉。」

「為什麼？」

他出其不意地扯掉她的披風，一把扔開。冷風捲起她的頭髮直往上吹。她凝視著他，呼吸變得急促起來。陸加說：只要再配上一把掃帚，你就是個名副其實的女巫了，布莉姬。我第一次見到你就有這種感覺。」

他又凝視了她一會兒，才說：「你是個殘忍的魔鬼。」然後不耐煩地深深嘆了口氣，把披風扔回給她。「好啦，穿上，我們回家吧。」

「等一下。」

「為什麼？」

她走近他，低聲又喘息地說：「因為我有話要跟你說，這也是我要在莊園外面等你的原因之一。我要在走進戈登的房子之前告訴你一件事。」

「哦？」

她發出一聲短促而痛苦的笑聲說：「很簡單，你贏了，陸加，就這件事。」

他尖聲問：「你是什麼意思？」

「我是說，我已經打消做費菲德勳爵夫人的念頭。」

他向她走近一步，問道：「是真的？」

「是真的，陸加。」

「你願意嫁給我？」

「沒錯。」

「我不懂，為什麼？」

「我也不知道，你對我說話百無禁忌，可是我好像偏喜歡你這個樣子。」

他把她拉進懷中，吻著她。

「這是個瘋狂的世界。」

「你快樂嗎，陸加？」

「不怎麼快樂。」

「你覺得和我在一起會快樂嗎？」

「我不知道，但是我願意試試看。」

「嗯，我也是這麼想。」

他挽起她的手臂，說道：「我們這樣確實有點奇怪，親愛的，走吧，也許明天早上我們會變得正常一點。」

「對，有些人出事的方式往往有點可怕。」

她往下一看，忽然一把拉住他說：「陸加……陸加，那是什麼？」

月亮剛從烏雲裡出來，陸加低頭看到布莉姬的腳顫抖地指著一個蜷成一團的東西。

他驚叫一聲，抽出手來，跪在地上，看看那團奇形怪狀的東西，再看看上面的門柱，柱子上面的鳳梨不見了。

陸加終於站起來，布莉姬站在一邊，雙手捂著嘴。

他說：「是那個司機里維斯……他死了。」

「那個該死的石頭玩意兒，它已經鬆動了一段時間，我猜大概是被風刮下來砸到他的頭上。」

陸加搖搖頭說：「風不可能做得到。噢！對了，一定是有人希望別人這麼想，希望別人以為這又是……一次意外！但這是騙人的，又是那個凶手！」

「不！不！陸加。」

「千真萬確，你知道我在他後腦勺摸到什麼嗎？夾雜著沙粒又黏糊糊的東西。這周圍並沒有沙子。布莉姬，你聽我說，有人埋伏在這裡，等他從大門回他住的地方時，用力打昏他，然後把他平放在地上，再用那顆石頭做的鳳梨從他頭上滾過去。」

布莉姬有氣無力地說：「血，陸加，你手上有血！」

陸加嚴肅地說：「另外一個人的手上也有血。你知道我今天下午在想什麼嗎？只要再發生一件命案，我們就一定會知道凶手是誰。現在我們果然知道了！是愛渥西！他今天晚上出去過，回到家時雙手都是血，還手舞足蹈，欣喜若狂……那個殺人狂一定在得意自己又創造了一件傑作。」

布莉姬低頭看看，顫抖地低聲說：「可憐的里維斯。」

陸加也同情地說：「對，可憐的傢伙，他太不幸了。不過這絕對是最後一次了，布莉姬！我們既然知道凶手是誰，就要抓住他！」

他發現她搖搖欲墜，三步併作兩步跑過去摟住她。她用孩子似的嗓音小聲說：「陸加，我好怕。」

陸加說：「好啦，親愛的，一切都過去了。」

她喃喃道：「請你一定要好好待我，陸加，我受的傷害太多了。」

他說：「我們彼此都傷害過對方，以後再也不會了。」

17 費菲德勳爵如是說

托馬斯醫生坐在診室桌子後面凝視著陸加說：「了不起，真了不起！你不是開玩笑吧，菲茨威廉先生？」

「絕對不是，我確定愛渥西是個危險的瘋子。」

「我沒有特別注意過他，但我覺得他可能有點不正常。」

「我覺得情況還不僅僅如此。」陸加嚴肅地說。

「你真的認為里維斯是被謀殺的？」

「是的，你有沒有注意到傷口有沙粒？」

托馬斯醫生點點頭。

「你告訴我之後，我又查看了一次，我敢說你是對的。」

「那不就證明了現場經過偽裝，而這個人的確是被人用沙袋打死的，或者至少是被沙袋擊昏的。」

「未必。」

「你指的是什麼？」

托馬斯醫生靠在椅背子，雙手合十。他說：「如果里維斯白天曾在沙坑裡躺過——這附近有幾個沙坑——這也能解釋頭髮裡的沙粒。」

「老弟，我告訴你，他是被人謀殺的。」

「你可以這麼說，」托馬斯醫生冷淡地說，「不過這未必就是事實。」

陸加強壓著怒氣說：「我說的話，你大概一句也不信吧。」

托馬斯醫生笑笑，他親切而高傲地說：「你必須承認，菲茨威廉先生，你的話實在有點不可思議。你斷言愛渥西殺了一名女僕、一個小男孩、一個喝醉酒的酒店老闆、我的合夥人，最後還殺了這個里維斯。」

「你不信？」

托馬斯醫生聳聳肩。

「我對亨伯比的案子略知一二，我覺得愛渥西根本不可能害死他，我真不知道你有什麼證據可以證明他是凶手。」

「我不知道他是怎麼下手，」陸加承認。「但一切都和平克頓小姐所說的完全吻合。」

「對了，你還斷言愛渥西跟蹤她到倫敦，然後用車壓死她。這根本也沒有任何證據！你說的全都是……胡思亂想！」

陸加嚴肅地說：「我既然知道了事情的真相，就一定要找出證據來。明天我要去倫敦看一位老朋友。兩天前我看到報上說他被任命為警署總長助理。他了解我，一定會相信我的話。我敢說，他一定會下令徹底調查這一連串命案。」

托馬斯醫生若有所思地撫著下巴說：「哦，想必你一定會很滿意，可是萬一結果證明你錯了……」

陸加打斷他的話。

「你就一點也不相信我的話？」

「相信有人殺了這麼多人？」托馬斯醫生揚揚眉毛。「坦率地說，菲茨威廉先生，我真的不相信，這種事太不可思議了。」

「也許是很不可思議，可是前後很一致，只要你相信平克頓小姐所說的是真的，就不得不承認事情和她說的很吻合。」

托馬斯醫生搖搖頭，撇嘴笑了笑說：「要是你和我一樣了解那些老小姐……」

陸加站起身，極力控制著自己的不快，說道：「總之，你是個懷疑主義者，如果世界上有個『多疑的托馬斯』，你就是名副其實了。」

托馬斯和善地答道：「親愛的朋友，我只要求你給我一點證據，而不是光聽信一個老小姐可笑又自以為是的胡言亂語。」

「但老小姐認為自己看到的事常常是對的。我的梅德麗姑姑就很神，你有姑姑嗎，托馬斯？」

「嗯，呃，沒有。」

「真是太遺憾了！」陸加說，「每個人都應該有姑姑，才能了解為何臆測更勝過邏輯推理。只有老姑姑會知道某某先生是騙子，因為他像她家從前那個狡詐的管家。別人都說像某某先生那麼可敬的人不會是騙子，結果老姑姑的猜測是對的。」

托馬斯醫生又露出那種自命不凡的微笑。

陸加的火氣忍不住又冒了上來。

「你難道不知道我也當過警察嗎？我可不是外行。」

托馬斯醫生笑笑，喃喃道：「你是在馬揚海峽當過警察。」

「犯罪就是犯罪，在不在馬揚海峽都一樣。」

「當然，當然。」

陸加強壓著怒火離開托馬斯醫生的診所。布莉姬看到他之後便問：「怎麼樣？進展得順利嗎？」

「他不相信我的話，」陸加說，「不過細想一下，也難怪，這件事太離譜了，又毫無證據。像托馬斯醫生這種人，當然不會輕易相信這種沒有真憑實據的事。」

「別人會相信嗎？」

「很可能不會，不過等我明天找到比利．邦斯，事情就會有轉機了，他們會調查咱們那位長頭髮的朋友，愛渥西，最後一定會有所收穫。」

布莉姬若有所思地說：「我們現在是在明處，對吧？」

「沒辦法，我們不能……無論如何不能再讓凶手殺害任何人。」

布莉姬顫抖地說：「你一定得小心，陸加。」

「我一直都很小心。不要走近有石頭鳳梨柱子的大門，黃昏時不要去偏僻的樹林，吃喝都要小心，這些手段我都知道。」

「一想到凶手在注意你，這真是可怕。」

「只要凶手不注意你就好了，親愛的。」

「也許會。」

「我想不會，但我不想冒險，我要像古老的守護天使一樣緊緊地盯著你。」

「向本地的警方報案有用嗎？」

陸加想了想，說：「不，我看沒用，最好直接去蘇格蘭警場。」

布莉姬喃喃道：「平克頓小姐也是這麼想的。」

「沒錯，可是我會小心。」

布莉姬說：「我知道明天該做什麼，我要叫戈登陪我去那個衣冠禽獸的店裡買東西。」

「好確定我們那位愛渥西先生是否設下陷阱等我往裡頭鑽？」

「對，就是這個意思。」

陸加有點不安地說：「費菲德怎麼辦？」

布莉姬迅速說：「先不管他，等你明天回來之後，我們再宣布這件事。」

「你想他會不會很難過？」

「這……」布莉姬思索了一下說：「他會很不高興。」

「不高興？我的天，說得太輕鬆了吧？」

「不，因為你知道，戈登不喜歡別人惹他生氣，這件事會使他很不安。」

陸加嚴肅地說：「這樣我覺得很不自在。」

這天晚上，當他準備聆聽費菲德勳爵第二十次談論他自己時，這種感覺尤其強烈。他承認，住在別人家裡，卻偷了主人的未婚妻，這實在是可恥的行徑。不過他覺得像費菲德勳爵這樣一個大腹便便、誇誇其談、神氣活現的傻瓜，實在不該奢望娶到布莉姬。可是由於良心的譴責，他反而更加熱心地傾聽，結果主人對他的印象真是好極了。這天晚上，費菲德的心情特別好，那個司機的死不但沒有使他難過，反倒更加開心。

「早就告訴過你們，那傢伙不會有好下場。」他得意洋洋地舉起一杯葡萄酒靠近電燈，瞇起眼睛看，又說：「昨天晚上我不是告訴過你們嗎？」

「你的確說過，勳爵。」

「你瞧，我果然說對了，我的話常常會應驗，真是奇怪！」

「真了不起。」陸加說。

「我的生活非常奇妙，對，非常奇妙！上天替我把一切障礙都除掉了，我一直對『天道』深信不疑，這就是我的祕密，菲茨威廉，這就是我的祕密。」

「是嗎？」

「我是個虔誠信徒，我相信善有善報，惡有惡報，世界上的確有天理存在，菲茨威廉，這是毫無疑問的！」

「我也相信正義。」陸加說。

費菲德勳爵還是像往常一樣，對別人的信念不感興趣，他說：「依照上帝的意思去做，祂絕不會虧待你。我一向很正直，也樂善好施，老老實實地賺錢。我沒有受過任何人的恩惠，完全是靠個人奮鬥！你記得《聖經》裡以色列的祖先怎樣發達起來的吧，上帝賜給他們成群的牛羊，也替他們把敵人除掉。」

陸加極力忍住困倦說：「對極了，對極了。」

「真是神奇，太神奇了！」費菲德勳爵說，「我是說，與正直者為敵的人，被打倒的方式真是太神奇了！瞧瞧昨天，那個傢伙對我破口大罵，甚至想動手打我，結果怎麼樣呢？他今天到什麼地方去了呢？」他滔滔不絕地說著，頓了頓，又用強調的語氣回答道：「死了！受到了上帝的懲罰！」

陸加微微睜開眼睛說：「只因酒後失言就這麼懲罰他，實在太嚴厲了點。」

費菲德勳爵搖搖頭。

「這是不可抗拒的，報應來得既快又可怕，有一個賞罰分明的主宰掌管這種事。你記得那些嘲笑以色列先知以利沙的小孩嗎？結果都被熊吃掉了。就是這麼回事，菲茨威廉。」

「我總覺得那樣報復太過分了。」

「不，不，你看問題的角度不對，以利沙是個了不起的聖人，任何嘲笑他的人都不得好死，我就是因為自己的親身經歷才知道的。」見到陸加露出困惑的表情，費菲德勳爵低聲說：「起初我也幾乎不敢相信，可是每次都碰到這種情形，我的敵人以及詆毀我的人一個個都被打倒、消滅了。」

「消滅？」

費菲德勳爵輕輕點點頭，又呷了一口葡萄酒，說道：「每次都這樣。有一次的情形跟以利沙很相似，他也是個小男孩，在我這裡打雜。一天我在花園裡碰到他，你知道他在幹什麼？模仿我！他居然敢模仿我、譏笑我！神氣活現地大搖大擺走路，還有一群人在旁邊看。他居然敢在我自己的土地上嘲笑我！結果你知道他怎麼樣了嗎？不到十天，他就從窗戶掉下去摔死了！

「後來是那個惡棍卡特，他是醉鬼一個，又愛亂罵人，居然敢到這裡來罵我。結果呢？一個星期之後就在小河裡淹死了。再說那個女僕，她扯著嗓子罵我，結果很快就遭到報應，不小心喝錯了毒藥。這種情形不勝枚舉，亨伯比膽敢反對我的用水計畫，後來也血液中毒死了。噢，這種情況有好多年了。再拿霍頓太太來說，她對我太無禮，沒多久就去世了。」

他頓了頓，探身把葡萄酒瓶遞給陸加。

「怎麼樣，這些人都死了，真不可思議，對吧？」

陸加凝視著他，心頭突然升起了一種恐怖而難以置信的疑雲。他重新打量坐在桌子首席的那個矮胖男人，他正對著陸加輕輕點頭，那對金魚眼還帶著滿不在乎的笑意看著陸加。

陸加腦中迅速閃過許多片斷的回憶，霍頓少校不是說過：「費菲德勳爵待人非常好，派人送了些他家溫室種的葡萄和桃子來。」

費菲德勳爵不計前嫌，讓湯米．皮爾思到圖書館做擦窗戶的工作；亨伯比醫生去世之前不久，費菲德勳爵到魏勒曼．克賴茨研究室參觀過病毒及細菌培養工作……

一切都說明了一件很明顯的事，而他這個傻瓜卻始終不曾起疑。

費菲德勳爵還在微笑，那是安詳愉快的笑容。他對陸加輕輕點著頭。

「他們全都死了。」費菲德勳爵如是說。

18 倫敦的晤談

威廉．奧辛頓勳爵早年被老朋友稱為比利．邦斯。此刻他難以置信地看著他的朋友，悲哀地問：「你在馬揚海峽偵辦的案子還嫌不夠多嗎？你就非得回來插手管我們的事嗎？」

「馬揚海峽還沒有人連續殺過這麼多人，」陸加說，「我現在追查的凶手至少殺了五、六個人，而且逍遙法外，一點都沒有引起懷疑。」

威廉勳爵嘆了口氣說：「就算真有這種事，他專門殺什麼人？已婚婦女嗎？」

「不，不是。目前他還沒有真的認為自己就是上帝，可是也快了。」

「瘋了？」

「我想毫無疑問。」

「哦，不過從法律上來說，他也許不算瘋。你知道這兩者之間是有區別的。」

陸加說：「我相信他了解自己行為的性質和後果。」

比利．邦斯說：「一點都沒錯。」

「好了，現在不要拿法律來推論，還沒有到那個階段。或許永遠也到不了。老兄，我只要求你查一查幾件事實。德比賽馬那天下午五點至六點之間發生了一起車禍，有位老太太在白廳街被汽車壓死，車子卻沒有停下來。老太太叫列薇娜．平克頓。我要你盡可能查出一切有關的事。」

威廉勳爵又嘆了口氣。

「我馬上就可以替你查出來，二十分鐘應該夠了。」

他果然說話算話，不到二十分鐘，陸加就和主掌那個案子的警官當面交談。

那人指著陸加手上的紙說：「是的，先生，詳細情況我都記得，幾乎完全都寫在這上面了。驗過屍了，薩奇維是驗屍官，他認為是司機的錯。」

「有沒有抓到？」

「沒有，先生。」

「是什麼牌子的車？」

「好像應該是輛勞斯萊斯，一輛職業司機駕駛的大車。所有證人都一致同意看到的是勞斯萊斯，大多數人都能一眼認出這種車子。」

「沒記下車號嗎？」

「沒有，很不幸，當時沒人想到要記下車牌號碼。有人報告說是FZX4498，不過一定是弄錯了。有個女人看到這個號碼，告訴另外一個女人，那個女人再告訴我。不知道第二個女人是不是記錯了，反正沒有用就是了。」

陸加嚴厲地問：「你怎麼知道沒用？」

年輕警官微笑著說：「FZX4498是費菲德勳爵的車牌號碼，發生車禍的時候，勳爵的車停在伯明頓大廈外面，他的司機正在吃茶點，他有不在場的確鑿證據，所以不可能是凶手，直到六點三十分勳爵出來的時候，車子都沒離開過那棟大廈。」

「我明白了。」陸加說。

「每次都是這樣，先生。」那人嘆息著說，「警察趕到現場辦案之前，一大半目擊者都不見了。」

威廉勳爵點點頭。

「我們猜，肇事車子的車牌號碼也許和FZX很相似，比如前面兩個數字很可能都是4，曾經做了一切努力，調查幾輛車號類似FZX4498的車子，可是車主都有充分的不在場證明。」

威廉勳爵用疑問的目光看看陸加，陸加搖搖頭。威廉勳爵說：「謝謝你，包納，沒別的事了。」

那名警官離開之後，威廉勳爵問他的朋友。

「到底怎麼回事，菲茨？」

陸加嘆了口氣說：「一切都很吻合，列薇娜．平克頓正要向蘇格蘭警場告發這個邪惡殺人凶手的一切，我不知道你們到底會不會聽她的……也許不會。」

「也許會，」威廉勳爵說，「有時候，我們的確是從道聽塗說和閒話中得到消息。我向你保證，我們絕對不會忽視那種事。」

「凶手也是這麼想的，所以不願意冒險。他幹掉了列薇娜．平克頓，結果雖然有機靈的女人記下了他的車牌號碼，卻沒有人相信她。」

威廉勳爵從椅子上跳了起來。

「你該不會是說……」

「對，我就是這個意思。我敢和你打賭，就是費菲德開車把她壓死的。我不知道他是怎麼得手的。司機出去吃茶點了，我想他可能偷偷穿上司機的制服、戴上司機的帽子，把車子開走。反正是他幹的沒錯，比利。」

「不可能！」

「很可能，就我所知，費菲德勳爵至少幹了七件謀殺案，或許還不只這個數目。」

「不可能。」威廉勳爵說。

「親愛的老兄，他昨天晚上還向我吹噓呢！」

「這麼說，他瘋了？」

「他是瘋了，可是他也是一個狡猾的魔鬼。你一定要小心，千萬不能讓他知道我們在懷疑他。」

威廉勳爵喃喃道：

「真叫人難以置信！」

陸加說：「這是真的！」他把一隻手放在他朋友的肩上。「聽我說，比利老兄，我們一定要馬上調查這個案子，我把所有的事實都告訴你。」

於是兩個人進行了認真的長談。

第二天陸加返回亞許威奇伍。他一大早就開車上路了。本來他頭天晚上就可以返回，但是他覺得在目前的情形下，無論是睡在費菲德勳爵的莊園裡，還是接受他的款待，都使他非常厭惡。

回程途中，他先在溫弗利小姐的家門前停車。女傭打開門，驚訝地看著他，不過還是把他引進溫弗利小姐正在用早餐的小飯廳。

她有點詫異地起身相迎。

陸加沒有浪費時間，直截了當地說：「真抱歉在這時候打擾你。」

他環顧四周，女傭已經關上門離開了。

「我想要請問你一件事，溫弗利小姐。這是一個人隱私，可是我相信你會原諒我詢問這件事的。」

「有什麼事儘管問，我相信你一定有很正當的理由才會問。」

「謝謝你。」陸加頓了頓接著說，「我想知道多年前你與費菲德勳爵的婚約究竟為什麼取消了？」

她沒想到他會問起這件事，臉頰不禁泛起紅暈，並且用手撫住胸口說：「他跟你說了些什麼？」

陸加答道：「他提到一隻鳥的事，他說有一隻鳥的脖子被擰斷了。」

「他說了？」她驚訝地說，「他承認了？真奇怪！」

「請你告訴我到底是怎麼回事，好嗎？」

「好，我告訴你，可是請你永遠別跟他——戈登——提起這事。事情已經過去了，我不想再翻舊帳。」

她用祈求的目光看著他。

陸加點點頭說：「我只想滿足一下個人的好奇心，絕對不會說出去。」

「謝謝你。」她又恢復了鎮定，用平穩的聲音說，「事情是這樣的：我有一隻金絲雀，我非常喜歡牠，這也許有點傻，不過女孩都這樣，對自己的寵物有點過於溺愛。男人一定覺得受不了，我很了解這一點。」

她停下來。陸加說：「是的。」

「戈登很嫉妒那隻鳥，有一天他很不高興地說：『我相信你喜歡那隻鳥勝過我。』我就像那個年紀所有的傻女孩一樣，把金絲雀放在手指上，笑著說：『當然啦，我愛小鳥勝過一個傻小子！』接著……噢，太可怕了，戈登一把搶走我的小鳥，擰斷牠的脖子。那一幕真是太可怕了，我永遠也忘不了！」

她的臉色變得非常蒼白。

「所以你們的婚約就取消了？」陸加問道。

「對，從那以後，我再也無法像之前那樣愛他。你知道，菲茨威廉先生……」她猶豫了一下。「不僅僅是他的舉動——那也許是一時的嫉妒和憤怒——而是我覺得他以此為樂，所以害怕極了！」

「即使是發生在很久以前，」陸加喃喃道，「即使是那種年代！」

她把一隻手放在他的手臂上說：「菲茨威廉先生……」

他用嚴肅、鎮定的目光迎向她那驚恐、懇求的眼神，然後說：「那些謀殺案都是費菲德動爵幹的，你早就知道了，對吧？」

她用力搖搖頭。

「不能算是知道！如果我早知道，那……那當然會說出來。這只是一種猜測。」

「可是你卻從未向我暗示過？」

她忽然痛苦地雙手緊握說：「我怎麼能，我怎麼能？畢竟我曾經喜歡過他。」

陸加輕輕地說：「是的，我知道。」

她忽然轉過身去，在手提袋摸索了一下，然後用一條有花邊的小手帕擦擦眼角，接著又轉過身來，眼淚已經乾了，她用不失尊嚴而鎮定的聲音說：「我很高興布莉姬取消了和他的婚約。她要嫁給你，對吧？」

「是的。」

「那就合適多了。」

溫弗利小姐一本正經地說，陸加情不自禁地笑了笑，但是溫弗利小姐的面容又變得嚴肅憂慮起來。她俯身向前，又把一隻手放在陸加的手臂上說：「一定要小心啊，你們兩個都必須小心。」

「你是指……對費菲德勳爵？」

「對，最好別把你們的事告訴他。」

陸加皺皺眉。

「我想我們兩個都不會這樣做。」

「哦，其實告不告訴他也差不多，你好像不知道他已經……瘋了，萬一消息走漏，他絕對無法容忍，一刻也不會！萬一她發生什麼意外……」

「她不會發生任何意外！」

「對，可是我很清楚，你不是他的對手！他太可怕、太狡猾了。馬上帶她遠走高飛，只有這樣才有希望。叫她到國外去，最好你們兩個都出國！」

陸加緩緩地說：「她也許會出國，但我要留下。」

「我就怕你會這麼說。好吧，無論如何，快叫她離開。記住，馬上離開！」
陸加緩緩地點點頭說：「我覺得你說得沒錯。」
「我知道自己沒錯！快叫她走……否則就太晚了。」

19 取消婚約

布莉姬聽到陸加開車回來的聲音，便走到台階上迎接他，並且直截了當地說：「我已經告訴他了。」

「什麼？」陸加大吃一驚。

陸加的恐慌顯而易見，布莉姬馬上就覺察到了，她問道：「陸加，怎麼回事，你好像覺得很不安。」

他緩緩地說：「我們說好了等我回來再告訴他。」

「我知道，可是我覺得最好早說出來早了事。他正在計畫婚禮、蜜月什麼的，所以我不得不告訴他！」接著又用略帶責備的口氣說：「只有這樣做才是堂堂正正的。」

他說：「從你的角度來看，這樣做是對的。嗯，對，我明白你的意思。」

「我覺得從任何人的角度來看都應該這樣！」

陸加緩緩地說：「有時候我們實在顧不得面子。」

「陸加，你究竟是什麼意思？」

他做了個不耐煩的手勢說：「我不能在這裡就告訴你。費菲德動爵有什麼反應？」

布莉姬緩緩地說：「他表現得太好了，真的，實在太好了，讓我覺得很慚愧。陸加，我想我過去只因為他很傲慢，有時候還有點蠢，就低估了他。現在我覺得，其實他……算得上是個小巨人。」

陸加點點頭。

「對，也許在某些我們還沒有起疑的部分，他是很了不起。聽我說，布莉姬，你必須盡快離開這裡。」

「當然，我今天就收拾好行李離開，你可以開車送我進城，我們不能一起住進鈴鐺與小丑旅館……如果愛渥西那些壞朋友還沒離開的話。」

陸加搖搖頭。

「你最好去倫敦，我會馬上向你解釋。同時我覺得我最好現在去見見費菲德。」

「我也覺得該這麼做，只是實在有點殘忍，不是嗎？我覺得自己就像個卑鄙的淘金女。」

陸加對她微微一笑。

「這是天經地義的，你已經對他實話實說了。不管怎麼說，覆水難收，再難過也沒用。我現在就去見費菲德。」

費菲德動爵正在客廳來回踱步，表面上，他非常平靜，嘴角甚至還帶著一絲微笑。但是陸加發現他的太陽穴脈搏正劇烈地跳動著，陸加一進來，他迅速轉過身，說道：「哦，你來了，菲茨威廉。」

陸加說：「我想即使我說對不起也沒用，那太虛偽了。我承認從你的角度來看，我的行為很惡劣，我也不想為自己辯護。這樣的事本來就很難避免。」

費菲德動爵又繼續踱著方步，同時揮揮手說：「沒錯，沒錯！」

陸加又說：「布莉姬和我都覺得很對不起你，但事情就是這樣，我們彼此相愛，沒辦法，只好把事實告訴你。」

費菲德動爵停下腳步，瞪了陸加一眼，說：「沒錯，你們的確沒辦法。」他的聲調非常奇特，他站著凝視陸加，輕輕搖搖頭，好像很憐憫他似的。

陸加尖聲問：「你是什麼意思？」

「你們無能為力，」費菲德動爵說，「已經太遲了。」

陸加向他走近一步。

「告訴我，你究竟是什麼意思？」

費菲德動爵出乎意料地說：「去問荷諾亞．溫弗利好了，她一定明白，她知道發生了哪些事，有一次還跟我談到過。」

「她明白什麼？」

費菲德勳爵說：「惡有惡報，天理昭昭！我很難過，因為我喜歡布莉姬。從某方面來說，我替你們兩人難過。」

陸加說：「你是在威脅我們？」

費菲德勳爵似乎真的嚇了一跳。

「不，不，親愛的朋友，對這件事我不會感情用事。布莉姬幸運地被我選定為妻子時，曾經答應承擔一些責任。現在她卻背信忘義了。人生是無法走回頭路的，一個人違背了約定，就必定會遭到報應！」

陸加緊握雙拳說：「你是說布莉姬會發生不幸？你給我聽清楚了，費菲德，布莉姬不准發生任何意外，我也一樣！要是你圖謀不軌，還是趁早死心。你給我小心點！我對你的底細一清二楚！」

「這和我沒關係，」費菲德勳爵說，「我只是上天的工具，上天下令發生什麼事，就一定會發生。」

「我知道你相信那些。」陸加說。

「事實本來就是這樣！任何與我唱反調的人都會受到懲罰，你和布莉姬也不例外。」

陸加說：「你這麼說就大錯特錯了，不管一個人走運走了多久，最後總會倒楣的，你現在就要霉運當頭了。」

費菲德勳爵溫和地說：「傻小子，你知道你是在和誰說話嗎？什麼都傷不了我！」

「是嗎？我們走著瞧吧。你最好小心自己的一舉一動，費菲德。」

費菲德勳爵一揮手，聲音也變了。

「我已經忍耐很久了，不要逼人太甚，你給我滾出去！」

「我這就走，」陸加說，「一刻也不會停留。別忘了我警告你的話。」

他轉身快步走出房間，然後跑上樓，在布莉姬的房間裡找到她，她正在指揮女傭收拾她的衣服。陸加問：「快好了嗎？」

「再十分鐘就好了。」

由於女傭在場，她不方便說出口，就用詢問的目光看著陸加。

陸加輕輕地點點頭。

接著他回自己房間急忙把東西扔進手提箱。

十分鐘後，他又來到布莉姬房間，她已經收拾好準備走了。他說：「可以走了嗎？」

「我都準備好了。」

他們下樓的時候，管家正要上樓，他對布莉姬說：「溫弗利小姐來看你，小姐。」

「溫弗利小姐，在哪裡？」

「和勳爵一起在客廳。」

布莉姬直接來到客廳，陸加緊隨其後。

費菲德勳爵站在窗邊和溫弗利小姐交談，手裡拿著一把刀，那是把細長鋒利的刀。

「製作真是精美，」他說，「是我一個手下從摩洛哥給我帶回來的，他在那邊當過特派記者。當然，它具有摩爾風格，是摩洛哥里夫山區的柏柏爾族人做的。」他喜愛地用手指撫摸刀刃，又說：「真鋒利！」

溫弗利小姐尖聲說：「天哪！戈登，把刀收起來。」

他微微一笑，把刀和桌子上的其他武器放在一起，輕柔地說：「我喜歡撫摸它時的那種感覺。」

溫弗利小姐失去了平時的鎮定，顯得蒼白緊張。她說：「啊，你來了，親愛的布莉姬。」

費菲德勳爵咯咯咯笑著說：「沒錯，布莉姬在這兒。好好跟她聊聊吧，荷諾亞，她和我們待在一起的時間不久了。」

溫弗利小姐尖聲問：「你是什麼意思？」

「什麼意思？我的意思是說她就要到倫敦去了，不是嗎？我就是這個意思。」

他環顧屋裡所有的人，然後說：「我有個消息要告訴你，荷諾亞，布莉姬不願意嫁給我了，她更喜歡這個菲茨威廉！生命真是奇怪的東西。好了，我走了，你們自己聊聊吧。」

他走出房間時，還用手把口袋裡的硬幣弄得叮噹響。

「噢，天啊！」溫弗利小姐說，「噢，天哪！」

顯然地，她的聲音中露出極度的痛苦，布莉姬不禁有點詫異，她不安地說：「真抱歉！我實在很抱歉！」

溫弗利小姐說：「他生氣了，氣得不得了！噢，天哪，太可怕了！我們該怎麼辦呢？」

布莉姬凝視著她說：「怎麼辦？你是什麼意思？」

溫弗利小姐用責備的目光看著他們。

「你們根本就不該告訴他！」

布莉姬說：「笑話！不然我們該怎麼辦？」

「起碼現在不能告訴他，應該等你們走了以後再告訴他。」

布莉姬立刻說：「每個人的看法不一樣，我自己覺得不愉快的事愈早解決愈好。」

「噢，親愛的，如果只是那個問題……」

她停下來，用探詢的目光看著陸加。

陸加搖搖頭，輕聲地說：「還沒有。」

溫弗利小姐喃喃道：「我明白了。」

布莉姬有點生氣地說：「你有什麼特別的事要找我，溫弗利小姐？」

「哦，有，老實說，我是來請你到我家玩玩，因為我想……呃，你繼續住在這裡也許會覺得不自在，而且也許你需要幾天時間，呃，好慎重地規畫未來。」

「謝謝你，溫弗利小姐，你設想得真周到。」

「你知道，你跟我在一起會很安全，而且……」

布莉姬打斷她的話。

「安全？」

溫弗利小姐有點臉紅，連忙改口。

「喔，我的意思是說……舒服，你和我住在一起會很舒服。當然，我那裡沒這裡豪華，可是有熱水，我那個小傭人艾茉莉也燒得一手好菜。」

「哦，我相信你那裡一切都很好，溫弗利小姐。」布莉姬面無表情地說。

「不過你要是能進城，那當然更好。」

布莉姬緩緩地說：「不大方便，我姑姑今天一早就去看花展了，我還沒機會告訴她發生了什麼事。但我會留張字條告訴她我要到她家去住一陣子。」

「你要去住你姑姑在倫敦的房子？」

「對，那兒沒人住，不過我可以出去吃飯。」

「你一個人住在那裡，噢，老天，要是我就不會那麼做。」

「沒有人會把我吃掉，」布莉姬不耐煩地說，「而且我姑姑明天就回來了。」

溫弗利小姐擔心地搖搖頭。

陸加說：「還是住旅館比較好。」

布莉姬轉身看著他。

「為什麼？你們究竟是怎麼啦？好像把我當成低能兒似的。」

「不，不，親愛的。」溫弗利解釋道，「我們只是希望你多加小心，沒別的意思。」

「可是為什麼？為什麼？到底發生了什麼事？」

「聽我說，布莉姬，」陸加說，「我會告訴你，但是不能在這裡說，跟我上車，我們到一個安靜的地方去。」他看看溫弗利小姐。「大約一小時左右，我們可以到府上去吧？我有幾件事要告訴你。」

「沒問題，我在家等你們。」

陸加把手放在布莉姬的手臂上，向溫弗利小姐點頭致謝，又對布莉姬說：「行李晚點再拿，走吧。」

他帶她走出房間，穿過大廳，來到前門，打開車門，布莉姬上車後，陸加發動引擎，迅速往前駛去。出了動爵家的大鐵門之後，陸加如釋重負地嘆了口氣說：「謝天謝地，我總算安全地把你從那個地方帶出來了！」

「你瘋了嗎？陸加，幹嘛那麼神祕，說什麼『現在不能告訴你』。到底是什麼事？」

陸加嚴肅地說：「唉，你知道，待在別人家裡時，實在很難解釋主人就是殺人凶手。」

20 讓我們同心協力

布莉姬一動不動地在陸加身邊坐了一會兒，最後才問道：「是戈登？」陸加點點頭，她又說：「戈登？戈登是殺人凶手？戈登就是那個殺人凶手嗎？我這輩子從未聽過這麼荒謬的事！」

「你覺得很意外？」

「對，我的確很驚訝，因為戈登連一隻蒼蠅都不願意傷害。」

陸加嚴肅地說：「我不知道，也許他真的沒傷害過蒼蠅，但是他的確殺死過一隻金絲雀，而且我相信他還殺過很多人。」

布莉姬說：「親愛的陸加，我實在無法相信。」

「我知道，」陸加說，「聽起來實在令人難以置信。是呀，我也是到昨天晚上才知道他是殺人凶手，我以前從未懷疑過他。」

布莉姬爭辯道：「可是我了解戈登！我知道他是什麼樣的人！他是個很可愛的小老頭，雖然有點傲慢，但是也很可憐。」

陸加搖搖頭說：「你必須改變對他的看法，布莉姬。」

「沒有用，陸加，我實在無法相信！你怎麼會有這麼可笑的念頭？對了，兩天前你還非常篤定地說凶手是愛渥西呢。」

陸加稍微讓步地說：「我知道，我知道，你或許在想，我明天說不定會懷疑托馬斯，後天又認為是霍頓。我還沒有那麼神經質。我承認，你剛聽到這個消息必定會嚇一跳，可是你只要仔細分析一下，就會發現一切都很吻合。怪不得平克頓小姐不敢告訴村子裡的警察，因為她知道他們一定會笑她！只有向蘇格蘭警場報告才有希望破案。」

「可是戈登要殺這麼多人的動機是什麼呢？噢，真是太愚蠢可笑了！」

「我知道，可是你難道不知道戈登．費菲德自視甚高嗎？」

布莉姬說：「他喜歡裝腔作勢、自鳴得意，其實完全是他的自卑感在搞鬼，真可憐！」

「也許一切都是因此而引起的，我不知道。可是你想想看，布莉姬，你只要稍微想一下。記不記得你曾經跟他開玩笑時說過的一句話，好像是『大逆不道』什麼的，你難道不知道他把自己看得比誰都了不起嗎？這也跟宗教信仰有關，親愛的小姑娘，他已經完全瘋了。」

布莉姬想了想，最後說：「我還是不敢相信。你有什麼證據，陸加？」

「有他自己的話為證，他前天晚上還清清楚楚地告訴我，任何與他唱反調的人都得死。」

「說下去。」

「實在很難形容我當時的感覺，反正他說這番話的時候，是一副鎮定又得意的模樣，而且……怎麼說呢？好像對殺人已經習以為常了！他坐在那裡得意地獨自微笑。真是不可思議，太可怕了，布莉姬！」

「說下去。」

「後來他又說出好幾個死者的名字，說那些人在太歲頭上動土，所以才會死。聽著，布莉姬，他提到的那些人包括霍頓太太、艾蜜·吉布司、湯米·皮爾思、哈里·卡特、亨伯比，還有他的司機里維斯。」

布莉姬終於動搖了，臉色變得非常蒼白。

「他真的提到這些人？」

「是真的，現在你該相信了吧？」

「噢，老天，我想也只好相信了，為什麼他要殺那些人呢？」

「只是為了一些雞毛蒜皮的小事，所以才特別叫人膽戰心驚。霍頓太太罵過他，湯米·皮爾思模仿他的動作，逗得園丁們捧腹大笑，哈里·卡特也罵過他，艾蜜·吉布司對他很沒禮貌，亨伯比膽敢公開反對他，里維斯當著我和溫弗利的面威脅他。」

布莉姬雙手捂住眼睛，喃喃地說：「太可怕了！實在太可怕了！」

「我知道，除此之外，還有一些間接證據。在倫敦壓死平克頓小姐的車子是勞斯萊斯，車牌號碼就是費菲德勳爵的車號。」

布莉姬緩緩地說：「那麼他一定是凶手囉。」

「對，警察以為提供車號的女人弄錯了，其實是他們自己弄錯！」

「我知道，」布莉姬說，「碰到費菲德勳爵這麼有錢有勢的人，別人都會相信他的話。」

「對，平克頓小姐的困難可想而知了。」

布莉姬若有所思地說：「有一兩次平克頓小姐跟我說過一些奇怪的話，好像要警告我什麼，當時我一點都不懂，現在才知道她是什麼意思！」

「一切都很吻合，」陸加說，「事情往往就是這樣：就像你，人人剛開始都說不可能，可是只要相信有可能，就會發覺所有的事情都很吻合，他送葡萄給霍頓太太……而她卻以為護士要毒死她！後來他去參觀魏勒曼．克賴茨研究室，想必也設法弄到一些培養菌，讓亨伯比感染細菌。」

「我真不知道他怎麼做得到。」

「我也不知道，可是事實擺在眼前，不由得你不信。」

「對，如你所說，一切都很吻合。當然他能做到別人做不到的事，我是說，別人竟然根本沒有懷疑到他頭上！」

「我覺得溫弗利小姐就起了疑心，她曾提到他去研究室參觀的事，說的時候漫不經心，可是我相信她是希望我就此展開調查。」

「這麼說，她早就知道了？」

「她很懷疑他，不過因為她曾愛過他，所以很難啟齒。」

布莉姬點點頭。

「對，這就可以說明好幾件事。戈登也告訴過我，他們曾經訂過婚。」

「你知道，她一心希望凶手不是他，實卻使她愈來愈確定。她想要暗示我，可是又不忍心做出對他極為不利的事。女人是種奇怪的動物。我想從某一方面來說，她仍然關心著他。」

「即使在他把她甩了之後？」

「是她甩掉他的。這個故事也真可怕，我來告訴你。」

他敘述了那件可怕的暴行。

布莉姬凝視著他，問道：「戈登真的那麼做？」

「對，你看，他很早之前就不正常了。」

布莉姬顫抖了一下，喃喃道：「多年之前，多年之前……」

陸加說：「也許他殺的人遠比我們所知道的多，只是因為最近他連續殺了好幾個人，才引起別人的注意。可能是成功的次數太多，所以他才變得肆無忌憚。」

布莉姬點點頭，沉思了一兩分鐘，這時突然問：「那天平克頓小姐在火車上到底說了什麼？開頭是怎麼說的？」

陸加邊回憶邊說：「她說她要到蘇格蘭警場去，也提到村裡的警官，說他是個好人，可是恐怕破不了謀殺案。」

「她一開始就提到謀殺這個字眼？」

「對。」

「說下去。」

「後來她說：『我看得出來，你覺得很意外，當初我也一樣，簡直不敢相信，還以為一定是自己在胡思亂想。』」

「後來呢？」

「我問她是否確定她沒有胡思亂想，她非常平靜地說：『哦，不是，第一次或許是，可是第二次、第三次、第四次就絕對錯不了。從那以後，我就百分之百確定了。』」

「真了不起，」布莉姬說，「說下去。」

「當然，我就順著她的意思說我相信她做得很對，其實當時我就像托馬斯醫生一樣並不相信！」

「我知道，不經一事，不長一智。我也曾經覺得自己比那個可憐的老太太優越。後來你們又說了些什麼？」

陸加說：「我想想看，哦，對了，她提到艾伯克龍比的案子……就是威爾斯的那個下毒者。她說她本來不相信他看著下一個被害者時，眼睛裡會浮現一種特別的眼神，但是現在卻相信了，因為她也親眼見過。」

「她究竟是怎麼說的？」

陸加皺眉想了一會兒，然後說：「她還是用那種動聽的聲音娓娓道來：『當初我看到這個報導時不相信有這種事，現在才知道這是真的。』我問她什麼是真的，她說：『那個人看著別人的眼神』。噢，我的天，布莉姬，她說話的神態使我感到非常驚異，她的聲音那麼平靜，但臉上的表情……就像真的看到一件很可怕的東西，無法說出來似的！」

「說下去，陸加，把一切都告訴我。」

「接著她就……說出受害者的名字：艾蜜．吉布司、卡特、湯米．皮爾思，她說湯米是個惹人討厭的男孩，卡特嗜酒如命。又說：『可是現在，就在昨天，輪到了亨伯比醫生。他是個大好人，真的是個好人。』她說如果她直接告訴亨伯比，他一定不會相信，肯定會一笑置之！」

布莉姬深深嘆了口氣說：「我明白了，我明白了。」

陸加凝視著她問：「怎麼啦？布莉姬，你在想什麼？」

「我在想亨伯比說過的話，不知道……算了，別管那些，說下去吧。她最後還對你說了什麼？」

那些話令陸加留下深刻的印象，他一直沒忘記，於是他又一字不漏地重複了一遍：「我說殺掉好幾個人而未被發覺，實在很不容易，她說：『不對，不對，好孩子，這你就錯了。殺人不難，只要沒人懷疑你。你知道，我要說的那個人，是個誰都不會起疑的人！』」

陸加一時無話，布莉姬打了個寒顫說：「殺人不難？的確太容易了……她說的一點都沒錯！難怪你的印象那麼深刻，陸加，要是我，我也忘不了，終身難忘！像戈登．費菲德那種人……噢，當然太容易了！」

陸加說：「可是要破案卻沒那麼簡單。」

「是嗎？我想我也許幫得上忙。」

「布莉姬，我不許你……」

「你別阻止我，我不能只顧自己安全而袖手旁觀。這事我也有份，陸加，做起來也許有危險。沒錯，我承認是有危險，可是我一定要盡自己的責任。」

「布莉姬……」

「我管定了，陸加！我要接受溫弗利小姐的邀請留下來。」

「親愛的，我求你……」

「我知道這對我們兩個人都很危險，可是陸加，我們兩人都有份，讓我們同心協力來把這個案子查個水落石出！」

╱21

「噢，你為何戴著手套穿越田野？」

溫弗利小姐屋裡平靜的氣氛，和剛才車裡那種緊張的氣氛形成鮮明的對比。

溫弗利小姐對布莉姬接受她的邀請似乎有點不敢相信，不過她馬上表現出很好客的樣子，表示她的遲疑並非因為不喜歡這個女孩，而是另有原因。

陸加說：「既然你那麼客氣，我覺得布莉姬還是暫時留在你這兒最好，溫弗利小姐。我打算住進鈴鐺與小丑旅館。我寧可把布莉姬留在我身邊，而不希望她進城去住，畢竟那裡也出過事。」

溫弗利小姐說：「你是說列薇娜．平克頓的事？」

「對，你一定會說，任何人住在擁擠的城市裡都很安全，對吧？」

溫弗利小姐說：「你的意思是說，一個人安不安全主要在於有沒有人想殺他？」

「一點也沒錯，我們只能依賴所謂『文明人的善意』了。」

溫弗利小姐若有所思地點點頭。

布莉姬說：「溫弗利小姐，你知道戈登是殺人凶手有……有多久了？」

溫弗利小姐嘆口氣說：「親愛的，這個問題很難回答。我想也許我內心深處早就這麼想了，可是我一直在努力否定這種看法。你知道，我實在不願意相信這件事，所以一直在欺騙自己說那只是胡思亂想。」

陸加率直地問：「難道你自己從來沒有害怕過？」

溫弗利想了想，然後說：「你是說，如果戈登懷疑我知道他是殺人凶手，可能會想辦法除掉我？」

「對。」

溫弗利小姐溫和地說：「我當然想過這種可能，也盡量小心。但我想戈登不會認為我對他構成真正的威脅。」

「為什麼？」

溫弗利小姐微微脹紅著臉說：「我想戈登一定不相信我會做出……對他不利的事。」

陸加突然說：「你甚至還警告過他，對吧？」

「對，我的確向他暗示過，我說那些觸怒他的人竟然很快就死於非命，真是奇怪。」

布莉姬問：「他怎麼說呢？」

溫弗利小姐臉上露出擔憂的表情說：「他的反應完全出乎我的意料，他好像、好像很高興似的，真是太不可思議了！他還說：『原來你也看出來了！』我可以說，他覺得很自豪。」

陸加說：那當然，他完全瘋了。」

溫弗利連忙表示同意。

「是啊，他的確瘋了，不可能有別的解釋。他對自己的行為不負任何責任。」她一隻手拉著陸加的手臂，「他們不會絞死他，對吧，菲茨威廉先生？」

「不會，不會，我想大概會送他去布羅德穆爾精神病院。」

溫弗利小姐嘆了口氣，靠在椅背上。

「那我就放心了。」

她看看布莉姬，後者正皺眉望著地毯。

陸加說：「不過現在談這些還為時過早，我已經通知了警方，僅此而已，他們一定會認真調查這件事。但你要知道，目前我們所掌握的證據實在太少了。」

「我們一定會找到證據的。」布莉姬說。

溫弗利小姐抬頭看著她，臉上的表情有某種奇特的東西，那使陸加想起不久前見過的某人或某事，他努力回憶著，但一時不能確定是何人何事。

溫弗利小姐用懷疑的口氣說：「你似乎很有信心，親愛的。嗯，也許你說得對。」

陸加說：「我開車去莊園把你的行李取回來，布莉姬。」

布莉姬馬上說：「我也去。」

「我寧可讓你留下來。」

「不，我寧可和你一起去。」

陸加生氣地說：「別像媽媽跟著小孩那樣跟著我，布莉姬！我不要你保護我。」

溫弗利小姐喃喃道：「布莉姬，我真的覺得大白天在車子裡不會有什麼危險啦。」

布莉姬有點不好意思地笑著說：「我現在真有點傻氣，這種事讓人太緊張了。」

陸加說：「有一天晚上，溫弗利小姐保護我回家。溫弗利小姐，沒錯吧。你當時的確是這個意思，對吧？」

她承認了，並且微笑道：「你知道，菲茨威廉先生，當時你對他絲毫未曾起疑，萬一戈登．費菲德真的知道你此行的目的就是調查這件事，那就……不太安全了。而且那條小路很僻靜，任何不測都有可能發生！」

「好吧，我現在已經知道眼前的危險，」陸加嚴肅地說，「我保證不會讓他偷襲得逞。」

溫弗利小姐不安地說：「別忘了，他很狡猾，比你想像的狡猾多了。他確實是一個絕頂聰明的人。」

「我已經有準備了。」

「大家都知道男人很勇敢，」溫弗利小姐說，「可是男人往往比女人更容易上當受騙。」

「這倒是真的。」布莉姬說。

陸加說：「說真的，溫弗利小姐，你真的覺得我有危險嗎？就像電影上常見的，你認為費菲德勳爵真的會千方百計設法除掉我？」

溫弗利小姐遲疑了一會兒，然後說：「我覺得布莉姬的危險最大，因為她拒絕和他結婚，這是對他最大的侮辱。也許他會先解決掉布莉姬之後，再把矛頭指向你。總之，我想他一定會先對付布莉姬。」

陸加呻吟了一下。

「我真希望你出國去，現在走，馬上就走，布莉姬。」

布莉姬噘著嘴說：「我不走。」

溫弗利小姐嘆了口氣說：「你真勇敢，布莉姬，我真佩服你。」

「換了你也會這麼做。」

「也許吧。」

布莉姬突然感性地低聲說：「陸加和我會同心協力處理這件事。」

她送他到門口。陸加說：「我一旦安全離開虎穴之後，就會從鈴鐺與小丑旅館打電話給你。」

「好，一定喔。」

「親愛的，別太緊張了！就連最熟練的殺人犯也要花點時間來擬定計畫。我想至少這一兩天我們還很安全。巴門主任今天就會從倫敦過來，他來了之後，費菲德的一舉一動將會受到嚴密的監視。」

「其實一切都沒問題，我們可以退出這幕鬧劇了。」

陸加用一隻手摟住她的肩膀，正色說：「布莉姬，親愛的，答應我，別幹任何傻事。」

「你也一樣，親愛的陸加。」

他用力摟了一下她的肩膀，跳上車子，就開走了。

布莉姬回到客廳時，溫弗利小姐正像一個溫和的老小姐那樣忙碌著。

「親愛的，你的房間還沒完全準備好，艾茉莉正在收拾。你知道我打算做什麼？給你泡杯好茶。經過這麼多心煩意亂的事，你一定需要喝杯好茶。」

「你太好了，溫弗利小姐，但我實在不想喝。」

布莉姬喜歡的是一種以杜松子酒為基底調配而成的烈性雞尾酒，不過她相信，在溫弗利小姐家裡是不可能有這種飲料。布莉姬很不喜歡喝茶，喝完後腸胃常會很不舒服，但溫弗利小姐堅持她的年輕客人需要喝茶。她匆匆忙忙走出客廳，大約五分鐘後，便笑容滿面地端來一個茶盤，上面放著兩個精緻的德勒斯登瓷杯，裡面盛裝著清香四溢、冒發熱氣的茶水。

「是正宗的拉普山小種紅茶[5]。」溫弗利小姐頗為得意地說。

布莉姬勉強地笑了笑，因為她不喜歡中國茶更甚於印度茶。

5　這是中國福建出產的上等紅茶，因烘乾過程以松木燻製，充滿東方情調，相當受到歐洲人喜愛。

這時，那笨手笨腳、患有甲狀腺腫的矮小女傭艾茉莉走到門口說：「小姐，請問，你有沒有看到枕頭套？」

溫弗利小姐匆匆走出去，布莉姬趕緊把茶往窗外一倒，差點燙到待在窗外花壇上的老呸。

老呸接受布莉姬的道歉之後，縱身跳上窗台，趴在她肩上有點不自然地喵喵叫。

「真漂亮！」布莉姬撫摸著牠的背說道。

老呸翹起尾巴，更加賣力地叫著，布莉姬抓抓牠的耳朵，又說：「乖貓咪！」

這時溫弗利小姐回來了，喊道：「我的天，老呸一定很喜歡你，對吧？牠通常對人很冷淡。小心牠的耳朵，親愛的。牠最近有一隻耳朵一直在痛。」

可是她警告得太遲了，布莉姬的手已經擰住了牠的痛耳，老呸對她嗚嗚怒叫，好像尊嚴受到侵犯似的憤憤走開了。

「噢，我的天，牠有沒有抓傷你？」溫弗利小姐喊道。

「沒什麼大不了的。」布莉姬舔舔手背上那條長長的抓痕說。

「要不要搽點碘酒？」

「不用了，沒事，不用大驚小怪。」

溫弗利小姐似乎有點失望，布莉姬覺得自己有點失禮，又急忙說：「不知道陸加多久會到。」

「別擔心，親愛的，我相信菲茨威廉先生一定會照顧好自己。」

「哦，對，陸加很堅強。」

這時電話鈴響了，布莉姬快步走過去拿起話筒，是陸加的聲音。

「喂，布莉姬嗎？我在鈴鐺與小丑旅館，你的行李能不能午飯後再送去？因為巴門來了……你知道我說的是誰吧？」

「蘇格蘭警場的刑事主任？」

「對，他想馬上跟我談談。」

「沒關係，你吃過午飯再拿來好了，到時候順便把他的看法告訴我。」

「好吧，再見了，親愛的。」

布莉姬把話筒放好，又把電話內容告訴溫弗利小姐，然後打了個呵欠，覺得很疲倦，剛才那陣興奮感已蕩然無存。

溫弗利小姐注意到了，便對她說：「你累了，親愛的，最好去床上躺著。不，吃午飯前睡覺也許不太好，我想拿些舊衣服送給附近的一個女人，從麥田那邊散步過去還不算遠，你願不願意一起去？剛好可以趕回來吃午飯。」

布莉姬欣然同意，她們從後門出去。溫弗利小姐戴了頂草帽，有趣的是，她還戴了手套。布莉姬想：「也許我們要去龐德街吧。」

溫弗利小姐邊走邊饒有興味地聊些鄉間小事。她們穿過兩片麥田，一條崎嶇不平的小巷，再走上一條通向小灌木林的小徑。天氣很熱，布莉姬覺得走在樹蔭下很舒服，溫弗利小姐建議不妨坐下來休息一會兒。

「今天實在很悶熱，讓人透不過氣來，你說是不是？我想等一下或許會打雷。」

布莉姬覺得有點想睡，便默然接受她的建議靠在土坡上。她半閉著眼睛，腦中忽然想起幾句詩：

噢，你為何戴著手套穿越田野？
噢，沒有人愛的白胖女人。

不過這當然和她眼前的情形不吻合，溫弗利小姐並不胖。於是布莉姬把詩改成：

噢，你為何戴著手套穿越田野？
噢，沒有人愛的灰瘦女人

溫弗利小姐打斷她的思緒，說：「你很睏了，親愛的，對吧？」

她的聲音很溫和、很平常，但話裡有一種異乎尋常的東西，讓布莉姬倏地睜開眼睛。

只見溫弗利小姐正俯身用熱切的眼神看著她，溫弗利輕輕舔著嘴唇，又一次問道：「你很睏了，對吧？」

這次布莉姬確信並未錯認她的語意，同時腦中靈光一閃，恍然大悟，並立刻對自己的愚鈍感到生氣。她曾經懷疑過事實的真相，可是也僅止於懷疑而已。她曾經打算私下悄悄加以證實，只是從未想過自己會遭到暗算。她覺得自己一直把內心的懷疑隱藏得很深，也從未想到有人會這麼快就打定主意。傻瓜！十足的傻瓜！她突然想到：「那杯茶……對了，茶裡一定放了什麼東西，她不知道我根本沒喝，我的機會來了，我一定要假裝喝了茶。那杯茶裡有什麼東西？毒藥？或者只是安眠藥？她以為我一定很睏……對了，顯然就是這麼回事。」

她又閉上眼睛，盡力裝出很自然、昏昏欲睡的聲音說：「我真的好睏，好奇怪喔，為什麼會這麼想睡！」

溫弗利小姐輕輕點點頭，布莉姬從幾近緊閉的眼縫裡偷瞄這個老女人，心想：「無論如何，我不至於會輸給她，我的肌肉滿結實的，而她只不過是個瘦弱的老太婆。不過我必須讓她把事情經過說出來。對！一定要讓她說出來。」

溫弗利小姐微笑著，那不是善意的微笑，而是非常狡猾，根本不像是人的笑容。布莉姬想：「她真像山羊，我的天，太像了！山羊一向象徵邪惡，我現在才知道是為什麼。我猜對了，我的胡思亂想居然對了！女人受輕視所引起的憤怒實在是無與倫比，一切都是由此引起的。」

布莉姬喃喃自語著，這次她的聲音中顯然帶著一絲擔憂。

「我到底怎麼啦……我覺得好奇怪，好奇怪喔。」

溫弗利小姐迅速地環顧四周，這個地方非常偏僻，離村子很遠，即使大叫，也沒人聽得見，附近也沒有房舍。溫弗利小姐開始在她的包裹裡摸索著，那個包裹本來應該是包舊衣服的，沒錯，包裝紙裂開了，露出一件柔軟的羊毛外套，但那雙戴手套的手仍然繼續摸索著。

「噢，你為什麼戴著手套穿過田野？」

布莉姬又想起那句詩。

「對了……為什麼？她為什麼要戴手套？」

對了，對了！這件事計畫得太天衣無縫了！

最後，包裹打開，溫弗利小姐終於謹慎地抽出一把刀，她很小心地拿著，免得擦拭掉刀上原有的指紋……今晨在亞許莊園的客廳裡，費菲德動爵曾用他那雙短胖的手摸過這把刀。

這把摩爾式利刃十分鋒利。

布莉姬覺得有點恐怖。她必須拖延時間……對，而且必須讓這個女人——這個沒人愛的灰瘦女人——說出事實真相。應該不會太難才是，因為她必定會想盡情炫耀她的得意之作，而她唯一的傾訴對象就是像布莉姬這種就快永遠閉嘴的人。布莉姬用模糊濁重的聲音問：「那是……什麼……刀子？」

溫弗利小姐大笑起來。她笑得很恐怖、很柔和，還很有節奏感、很文雅，而且相當冷酷。她說：「這是為你準備的刀，布莉姬，給你的！你知道，我一直恨死你了。」

布莉姬說：「就因為我要嫁給戈登・費菲德？」

溫弗利小姐點點頭。

「你很聰明，你太聰明了！你知道，這東西就是對他最不利的證據，別人會在這兒發現你被這把刀——他的刀——殺死，刀子上還有他的指紋！我今天早上要求看這把刀的方式很聰明吧！後來我趁你們上樓時，偷偷用手帕將刀子包起來放進口袋。真是太容易了！不過這件事本來就很容易，連我自己都不太相信。」

布莉姬裝作被藥物麻醉了似的，仍然用那種混濁而低沉的聲音說：「那是……因為你有……鬼才。」

溫弗利小姐報以淑女般的微微一笑，用驕傲得可怕的聲音說：「沒錯，我從小就很聰明，可是家裡的人什麼事都不讓我做，要我整天待在家裡無所事事。後來戈登……原先他只不過是個普通鞋匠的兒子，可是野心勃勃。我知道，我早就知道他一定會出人頭地，但是他居然把我甩了，把我甩了！僅僅就為了小鳥那樁可笑的事！」

她做了個奇怪的手勢，像是在擰斷什麼東西似的，布莉姬又感到一陣懼怖之情。

「戈登・拉格居然敢甩了我……溫弗利上校的女兒！我發誓一定要報復！我常一連幾天徹夜難眠，始終想著這件事。後來我家愈來愈窮，結果連房子都不得不賣掉，沒想到卻被他買了下來！他還自以為給了我多大恩惠似的，替我在我的舊居弄了份管理圖書的工作。那時候我真是恨透他了！但我從未表現出來，在這方面我們從小就接受良好的家教，我一向認為這就是一個人有沒有教養的區別。」

她沉默了一會兒，布莉姬望著她，幾乎連大氣都不敢出一聲，免得打斷她的話。

溫弗利小姐又繼續輕聲說：「我一直在考慮應該怎麼做，最初我一心想殺掉他，從那時起，我就一個人在圖書館裡偷偷研讀犯罪學。後來我不只一次發現，那些書可真是幫了我的大忙。就拿艾蜜的房門來說吧，我把她床頭的藥瓶掉換之後，就從外面用鐵鉗把門反鎖。她打鼾打得太厲害了，真討厭！」她頓了頓。「我想想看，我說到什麼地方了？」

布莉姬培養出來的能耐……充當最佳聽眾，這也是費菲德勳爵對她著迷的原因……此刻相當派得上用場。荷諾亞．溫弗利也許是個殺人狂，卻也像普通人一樣愛自誇。布莉姬很擅長和這種人打交道，她依舊用那種昏昏欲睡的聲音說：「你說你本來想殺掉他。」

「對，可是那太便宜他了，難消我心頭之恨，我一定要讓他覺得比死還難受。後來我終於想出這個辦法：讓他為別人犯下的罪行而受到懲罰，我要使他成為殺人凶手！讓他為我犯下的罪行被絞死，或是讓人們覺得他發瘋了，判處他終生監禁，這樣更好。」

她咯咯地笑著，笑聲非常恐怖……她的眼睛閃閃發光，瞳孔也詭異地放大了。

「我剛才說過，我看過許多有關犯罪的書，因此在選擇替死鬼時非常小心，起初沒有什麼人起疑。你知道，」她壓低聲音。「我覺得殺人挺好玩的，麗迪雅．霍頓那個討厭的女人，對我擺出一副高高在上的模樣，有一次竟然說我是老處女。戈登和她吵架的時候，我非常高興，我想，把她除掉，正好一箭雙雕。真好玩，我坐在她床邊把砒霜偷偷加進她的茶裡，然後走出去告訴護士，說霍頓太太抱怨費菲德勳爵送的葡萄有苦味！可是那個笨護士竟然沒有告訴別人，真是太可惜了。

「後來我就一發不可收拾。只要一聽到戈登和什麼人結怨，我就馬上安排那個人發生意外，真是太容易了！他真是個笨蛋，笨得令人難以置信！我讓他相信他有某種天賦異稟，以為任何和他唱反調的人都不會有好下場，他居然那麼容易上當。可憐的戈登，他什麼事都相信，真是太好騙了！」

布莉姬想起自己也曾經輕蔑地對陸加說：「戈登他什麼事都相信！」容易嗎？真是太容易了！可憐、傲慢又耳根子軟的戈登小矮子。

但布莉姬還需要知道得更多，這也很簡單，這些年來她擔任祕書時就學會了這套本事，沉著地鼓勵老闆多談自己。現在，她眼前這個女人很想一吐為快，迫不及待地想吹噓自己有多聰明，於是布莉姬又喃喃道：「可是你怎麼有辦法每次都成功呢？我真不明白。」

「噢，太容易了！只要精心策畫一下就行了！艾蜜被亞許莊園解雇之後，我馬上雇用她。我覺得使用帽漆這一招實在很高明，而且房間從裡面反鎖上，我就更不用擔心了。不過當然啦，我本來就一直很安全，別人根本不會懷疑我，因為我沒有殺人動機。既然沒有殺人動機，別人當然不會懷疑你是殺人凶手。卡特也輕而易舉地被我解決了，他一個人在霧中踉蹌地走著，我在小橋中央趕上他，隨手一推就把他幹掉了。告訴你，我其實很強壯。」

她頓了頓，又發出那種可怕的咯咯輕笑。

「這整件事實在太有意思了！我永遠忘不了那天把湯米從窗台上推下去時，他臉上的那種表情！他根本沒想到……」她表情神祕地靠近布莉姬說，「人其實愚蠢得很，只是我以前從未發現。」

布莉姬輕聲說：「不過，你實在太聰明了。」

「對，對，也許你說對了。」

布莉姬說：「除掉亨伯比醫生……一定比較困難吧。」

「對，那次能成功真是奇怪。當然，也可能會失敗。那一陣子，戈登喋喋不休地和每個人談起他在魏勒曼・克賴茨研究室參觀的事。我想，只要能設法讓人把他那次行程和之後發生的事聯想在一起就好了。老呸的耳朵很髒，流出很多膿，我想辦法用剪刀戳傷亨伯比醫生的手，然後裝出很難過的樣子，堅持要替他包紮傷口，他不知道我使用的紗布已經沾有老呸耳朵上的細菌。當然，也許不會成功，我只是碰運氣而已。沒想到居然成功了。當時我非常高興，尤其老呸又是列薇娜的貓。」

她的臉色變得黯淡起來。

「列薇娜・平克頓！她居然猜到是怎麼回事！湯米的屍體是她發現的；後來戈登和亨伯比醫生吵架時，她捕捉到我看著亨伯比的眼神。當時我一時大意，正在思索該怎樣解決亨伯比，卻被她發現了！我一回頭，發現她在看我，並且知道我的祕密了。我發現她知道這是怎麼回事，雖然她無法證明什麼，我還是很擔心，萬一有人相信她，那就糟了。我想蘇格蘭警場可能會相信她的話，也斷定她那天要去那裡，於是就搭乘同一班火車跟蹤她。

「殺她也非常容易，她站在白廳街的安全島上，我就在她的身後，可是她沒發現我。有一輛大轎車駛過，我竭盡全力推了她一把，我很有勁！於是她當場就被這輛車子壓死。我告訴身邊那個女人，說我看到那輛車子的車號，然後把戈登那輛勞斯萊斯的車牌號碼告訴她。我希望她會告訴警方。幸運的是，那輛車沒有停下來，我懷疑是司機偷開主人的車子出來兜風。沒錯，這一次我很幸運，我的運氣一向都很好。那天他和里維斯爭吵的那一幕，陸加．菲茨威廉正好可以作證。我一直引導他往這個方面思考，真有意思！奇怪的是，要他對戈登起疑心還真難，不過里維斯一死，他就一定會懷疑戈登了，他一定會！現在……好啦，我要漂漂亮亮地了結這件事了。」

她站起身走向布莉姬，一邊輕聲地說：「戈登甩掉了我，現在卻要你做老婆。我這輩子一直很失望，我一無所有，一無所有……」

「噢，沒有人愛的灰瘦女人……」

她微笑著俯身看著布莉姬，眼裡閃爍著瘋狂的光芒，手中的刀也在閃閃發光。

布莉姬用盡她年輕人的氣力往上一跳，像隻山貓似的撲在那個女人身上，把她撞倒在地，抓住她的右腕。

荷諾亞．溫弗利嚇了一大跳，一時跌坐在地上。可是愣了一會兒之後，她也馬上開始反撲。照理說，兩個人的體力天差地別：布莉姬年輕健康，肌肉鍛鍊得很結實；而荷諾亞．溫弗利的體格卻相當瘦弱。

可是有一點出乎布莉姬的意料……荷諾亞瘋了。瘋子的力量是很大的，她像魔鬼似的打鬥，而她那種瘋狂的力量更勝過布莉姬。兩人你來我往，扭成一團，布莉姬拚命想奪下她的刀子，但她死命抓住不放。

然而漸漸地，這個瘋女人開始占了上風。布莉姬不禁大喊：「陸加……救命，救命！」可是沒人來救她，這裡只有她和荷諾亞·溫弗利兩個人。她用盡全力猛扭另外一個女人的手腕，最後終於聽到刀子掉在地上的聲音。緊接著，荷諾亞·溫弗利的兩隻手瘋狂地掐住她的脖子，她咳嗆著發出最後一次呼救聲……

22 亨伯比太太如是說

巴門主任的外表給陸加留下了良好印象。巴門主任身體結實，看起來很順眼，寬闊的紅臉上有一把漂亮的鬍鬚。乍看之下，似乎沒有什麼特別之處，可是再看一眼就會發現，他的眼神非常精明銳利。

陸加並沒有看錯，他以前也碰到過這種人，知道這種人可以信賴，而且工作一向卓然有成。除了這種人，再也找不到更合適的人來辦這個案子了。

等到只剩下他們兩個人時，陸加說：「請你來處理這種案子，實在是大材小用了吧。」

巴門主任微微一笑，說：「這件案子說不定相當不簡單，菲茨威廉先生，事關費菲德勳爵這種大人物，我們不想出任何差錯。」

「說得對，只有你單獨行動嗎？」

「哦，不是，還有一位警官。他在另外一家酒店——七星酒店，他的工作是盯住勳爵。」

「我明白了。」

巴鬥問：「菲茨威廉先生，你覺得這件案子已經毫無可疑之處，可以確定凶手是他了？」

「據我掌握的事實，我覺得不可能是別人，要不要我把事實一一告訴你？」

「謝謝，不用了，威廉勳爵都告訴我了。」

「哦，你有什麼看法？我想，你可能覺得像費菲德勳爵那種地位的人不可能是殺人犯吧？」

「對我來說，沒有什麼不可能的事。」巴鬥主任說，「我一向這麼對人說，犯罪學上沒有不可能的事。如果你告訴我，一位可親的老小姐、一位大主教或者一個女學生是危險的凶犯，我也不會反駁你，我會先進行調查。」

「既然威廉勳爵把案子的重點告訴你了，我只要告訴你今天早上發生的事就行了。」陸加說。

於是他簡明扼要地說出今天早上和費菲德勳爵的那一幕，巴鬥主任饒有興致地聽著。

最後巴鬥主任說：「你說他用手摸過一把刀，他有沒有特別提到這把刀有什麼作用？菲茨威廉先生，他是不是拿著刀威脅你們？」

「他沒明說。他用有點卑鄙的態度玩弄著刀鋒，我實在很不喜歡他那種像在審美似的得意模樣。我想溫弗利小姐一定也有同感。」

「就是你說從小就認識費菲德勳爵，還跟他訂過婚的那位女士？」

「沒錯。」

巴門主任說：「至於那位小姐的安全，我想你大可放心，我會派人嚴密保護她。此外，傑克森也會盯住勳爵，應該不會再發生什麼危險了。」

「你讓我覺得輕鬆多了。」陸加說。

主任同情地點點頭。

「我知道你的處境很艱難，菲茨威廉先生，你一定很擔心康韋小姐的安全。告訴你，我認為這不是個簡單的案子，費菲德勳爵一定很狡猾，也許他會避風頭，除非到了萬不得已，他不會再輕易下手。」

「怎樣才算是萬不得已呢？」

「有一種罪犯頭腦抓狂，自以為很聰明，別人都笨得不得了，不會發現是他犯的案。如果真是這樣，我們當然就會抓住他。」

陸加點點頭，站起身說：「好吧，祝你走運。需要我幫忙的話，請儘管告訴我。」

「當然。」

「你不能建議我們採取什麼行動嗎？」

巴門考慮了一下說：「我想現在還不能。我希望先大概了解一下這裡的情況，也許我晚上會再跟你談談，行嗎？」

「好吧。」

「到時候我會對情況有進一步的了解。」

陸加彷彿覺得寬慰了些，其實許多人和巴門主任談話之後都有同感。

陸加看看手錶，吃午飯前是不是該去看看布莉姬呢？

他想，還是不要。也許溫弗利小姐會覺得不好意思不留他吃飯，那或許會給人家造成很多不便。

陸加根據以往和自己姑姑相處的經驗知道，中年婦女往往喜歡在家務事上小題大做。他想，溫弗利小姐有沒有當過姑姑？也許當過吧。

陸加信步走到旅館門口時，一個黑色身影匆忙從街上走過來突然攔住他，喊道：「菲茨威廉先生。」

「亨伯比太太。」

他上前和她握手。

她說：「我還以為你走了。」

「沒有，只是換了住的地方，我現在住在這兒。」

「布莉姬呢？聽說她離開亞許莊園了？」

「是的。」

亨伯比太太嘆口氣。

「我真高興……非常高興她離開亞許威奇伍了。」

「哦，不，她還在這兒。事實上，她就住在溫弗利小姐家裡。」

亨伯比太太後退一步，陸加驚訝地發現，她的臉上顯露出非常不安的表情。

「和荷諾亞．溫弗利住在一起？為什麼呢？」

「溫弗利小姐很客氣，請她在她家玩幾天。」

亨伯比太太打了個冷顫，走近陸加，拉著他的手說：「菲茨威廉先生，我知道我沒有權利說三道四。最近我遭到一連串的不幸，所以也許是我胡思亂想。我的一些感覺可能僅僅是胡思亂想。」

陸加溫和地問：「你想到了什麼？」

「我深信世間充滿邪惡！」

她膽怯地看看陸加，發現他只是嚴肅地點點頭，沒有對她的話提出任何質疑，於是又說：「我一直覺得最近亞許威奇伍充滿了邪惡的事，而且我敢說，那個女人是罪魁禍首。」

陸加困惑不解地問：「哪個女人？」

亨伯比太太說：「我相信荷諾亞．溫弗利是個非常邪惡的女人！哦，我知道你不相信我的話，同樣的，以前也沒人相信列薇娜．平克頓的話。可是我和她都有同感。我想她知道得比我更多。你記著，菲茨威廉先生，一個不幸福的女人什麼可怕的事都可能幹得出來。」

陸加輕輕地說：「也許是吧。」

亨伯比太太馬上說：「你不信？是啊，你怎麼會呢？我永遠忘不了約翰手上綁著繃帶從她家回來的那天，雖然他說無關緊要，只是給抓傷了。」

她突然轉身。

「再見，別把我的話放在心上，我……我最近覺得很不舒服。」

陸加目送她離去，不知道為什麼她說荷諾亞．溫弗利是個邪惡的女人。亨伯比醫生和荷諾亞．溫弗利以前是朋友嗎？亨伯比太太是不是吃醋才這麼說？

她怎麼說來著？「以前也沒人相信列薇娜．平克頓的話。」這麼說，列薇娜．平克頓一定和亨伯比太太吐露過她心中的猜疑。

陸加忽然想起火車上那位和善老太太憂慮的表情，彷彿又聽到她用認真的聲音說「那個人看著別人的眼神」時，臉上的表情也變了，好像清楚地看到了什麼東西一樣。陸加覺得，那一刻她的臉完全不一樣了，她的嘴唇張開，露出牙齒，眼睛裡有一種近乎洋洋得意的奇異神情。

他突然想起：「我不是也在某個人的臉上看過這種眼神嗎……一模一樣的表情，就是最近的事，到底是什麼時候？今天早上？沒錯，溫弗利小姐在莊園的客廳中就是這樣看著布莉姬的。」

他又突然回憶起另外一件事，多年前，他的梅德麗姑姑說過：「你知道，親愛的，她看起來就像白癡一樣。」那一刻，她那原本正常愉快的臉上，也露出癡呆愚笨的表情。

列薇娜．平克頓提及她看到那個男人——不，是「那個人」——臉上的表情，那麼，當時她是否有可能在模仿她所看到的表情，也就是凶手看著下一個被害者的表情呢？

陸加不知不覺地加快腳步往溫弗利小姐家走去。腦子裡有個聲音不斷地說：「不是『男人』，她從來沒有說過是男人。你自以為是男人，那是因為你腦子裡一直那麼想。可是她從來沒有這麼說。噢，天啊，我是不是瘋了？不可能，我只是在胡思亂想，不可能有這種事，根本就不合理嘛！可是我一定要見到布莉姬，一定要知道她平安無事。溫弗利那對眼睛……那對奇怪的淡琥珀色眼睛。噢，我瘋了，我一定是瘋了。費菲德是凶手，一定是他，他自己親口說的。」

儘管如此，他還是忘不了平克頓小姐那一刻模仿出來的可怕、不正常表情。

矮小的女傭替他開門，對他激烈的態度有點意外。她說：「小姐出去了，是溫弗利小姐告訴我的。我看看溫弗利小姐在不在。」

他一把推開她，走進客廳。艾茉莉跑上樓，不一會兒，上氣不接下氣地跑下來說：「主人也出去了。」

陸加抓住她的肩膀說：「從哪邊走的？到什麼地方去了？」

她目瞪口呆地凝視著他說：「她們一定是從後門走的，如果她們從前門走我一定會看到，因為廚房對著前門。」

她跟著陸加跑出門外，穿過小花園，看到有個男人在修剪樹籬。陸加跑上前去，努力用自然的語氣向他打聽。

那人慢吞吞地說：「兩位女士？哦，有，走了一會兒了。那時我正在樹下吃午飯，她們大概沒看到我。」

「她們從哪邊走的？」

陸加拚命讓聲音顯得自然，可是對方一邊睜大眼睛打量他，一邊慢吞吞地回答：「從麥田那邊去，然後往哪邊走就不知道了。」

陸加向他道謝之後，立即拔腿飛奔，他愈來愈覺得危急。他一定要趕上她們，一定要！他也許真的瘋了，很可能她們只是出來隨便走走，但陸加心裡有個聲音在催促他：快！快！

他穿過兩片麥田，然後在一條鄉間小路口遲疑著，不知道該往哪邊走。就在這時，他聽到有人在呼救……很微弱、很遠，可是絕對錯不了。

「陸加，救命！」

然後又是一聲：「陸加！」

沒錯，是布莉姬的呼救聲，陸加奮不顧身地穿過樹林，朝著聲音的方向跑過去。這時又傳來更多聲音：扭打、喘息、像要窒息似的嗆咳聲。陸加及時跑上前，把那個瘋女人的手從被害者的喉嚨上一把拉開，他用力抱住她。她掙扎、口吐白沫、詛咒著，最後終於一陣痙攣，被他有力的大手制伏了。

23 新的開始

「可是我不明白，」費菲德勳爵說，「我真的不明白。」

他努力想保持自己的尊嚴，但在他傲慢的外表下面，明顯露出令人憐憫的困惑。他幾乎無法相信剛才聽到的這些奇怪的事。

「事情是這樣的，費菲德勳爵，」巴門主任耐心地說，「首先，她的家族本來就有點不正常，我們已經查清了。那些舊式的家庭經常有這種情形，我想她也有那種傾向。其次，她是個野心勃勃的女人，卻一再遭受挫折和失敗，先是她的事業，然後是她的愛情。」

他咳了一聲，又說：「據我所知，是你甩掉她的。」

費菲德勳爵頑固地說：「我不喜歡『甩掉』這個字眼。」

巴門主任改口道：「是你取消婚約的嗎？」

「嗯，沒錯。」

布莉姬說：「告訴我們為什麼，戈登。」

費菲德勳爵紅著臉說：「好吧，既然你們非要我說不可，那我就說吧。荷諾亞有一隻金絲雀，她很喜歡牠，常常用嘴餵牠吃糖，可是有一天鳥沒有吃她嘴裡的糖，反而拚命啄她，她氣得不得了，一把抓起鳥，然後……擰斷了牠的脖子！從此以後，我再也無法像以前那樣愛她，就告訴她，我覺得我們兩人都錯了。」

巴鬥點點頭說：「對，一切就是從那時候開始的，正如她對康韋小姐說的，從此以後，她所有的心思全都朝同一個目標努力。」

費菲德勳爵難以置信地問：「你是說，她一心要使我成為殺人犯？我真不敢相信。」

布莉姬說：「是真的，戈登，難道你不覺得很奇怪，為什麼觸怒你的人都馬上就會死掉呢？」

「那當然是事出有因。」

「原因就是荷諾亞．溫弗利，」布莉姬說，「戈登，你一定要明白，不是上帝把湯米．皮爾思從窗口推下去的，其他受害人也一樣。根本就是荷諾亞害死他們的。」

費菲德勳爵搖搖頭說：「我簡直不敢相信這一切！」

巴鬥說：「你說今天上午有人打電話留了口信給你？」

「對，大約是十二點，要我馬上去薛伍德小樹林，因為布莉姬有話要對我說。還叫我不要坐車，要走路去。」

巴門點點頭。

「沒錯，那樣一來你就完蛋了。別人會發現康韋小姐的喉嚨被你的刀子割斷，刀上有你的指紋，而且你當時又在附近出現過！你根本無法證明你的清白。任何陪審團都會判你有罪！」

「我？」費菲德勳爵感到非常吃驚和不安。「有人會相信那是我幹的嗎？」

布莉姬溫柔地說：「我不信，戈登，我一直都不信。」

費菲德勳爵冷淡地看看她，然後生硬地說：「鑑於我的人格和我在本郡的地位，我敢說，沒有人會相信我犯下這麼嚴重的罪名。」

他莊嚴地走出去，隨手把門關上。

陸加說：「他永遠不會相信他曾經碰到過多大的危險。」又說：「告訴我，布莉姬，你是怎麼懷疑到溫弗利那個女人頭上的？」

布莉姬解釋道：「就是你跟我說戈登就是殺人凶手的時候。但我實在無法相信！你知道，我對他太了解了，我當過他兩年的祕書，對他瞭如指掌。我知道他很傲慢，器量小，自視很高，但我也知道他很仁慈，甚至心軟得有點可笑。連打死一隻黃蜂都會難過。溫弗利小姐說他殺死那隻金絲雀的故事根本不可能，他絕對不會做那種事。他曾跟我提過是他甩了她，可是你偏偏告訴我事情剛好相反！好，就算是吧，也許是自尊心使他不願意承認被她甩掉，不過那隻金絲雀的故事絕對不可能！這絕對不是戈登所為！他連扳機都沒扣過，因為看到動物被打死，他會非常難過。

「所以我知道那個故事一定不是真的，至少不完全是真的。要是這樣，溫弗利小姐一定說了謊。細想一下，這個謊話真是太離奇了。我不禁懷疑，她是否還說過其他謊話。看得出來，她是個很自負的女人，被人甩掉一定嚴重傷害了她的自尊心，她也許會很生氣，很想對費菲德勳爵進行報復，尤其是他後來衣錦還鄉，變得有錢有勢。我想：『對了，也許她會對他栽贓陷害，她心裡一定很高興。』接著，我忽然又產生了一個奇怪的念頭：『也許她所說的全都是謊話？』我突然明白像她那種女人是多麼容易把男人玩弄於股掌之上。我又想：『也許有點不可思議，不過說不定真的是她殺了那麼多人，卻讓戈登以為是上天在替他報復。』要他相信並不難，我不是說過嗎？戈登什麼事都相信！我又想：她有可能殺那些人嗎？結果發現她果然有可能！她能把一個喝得醉醺醺的人一把推下河，能把一個小男孩從窗口推下去，艾蜜．吉布司死在她家，霍頓太太生病的時候，她也常常去陪她。要害亨伯比醫生比較難一點，我後來才知道老呸耳朵流膿，她先讓紗布沾上細菌，然後用它包紮他的傷口。至於平克頓小姐的死，我就更難理解了，因為我實在想像不出溫弗利小姐穿上司機的制服，開著勞斯萊斯的模樣。

「可是很快地我就恍然大悟，知道這件事其實最容易！只要她故技重施，從平克頓小姐背後推上一把……那麼多人站在一起，做起來易如反掌。那輛車子沒停下來，她又發現一個新機會，趕快告訴旁邊的女人說她看到了車牌號碼，並且把費菲德勳爵那輛勞斯萊斯的號碼告訴那個女人。

「當然，我只是模糊地想到了這些，但如果戈登的確不是凶手——我知道他不是——那麼會是誰呢？答案馬上就可以看出來：是個痛恨戈登的人。誰會恨戈登呢？當然是荷諾亞．溫弗利。

「接著我又想到平克頓小姐曾經篤定地說凶手是男人，那我這一套絕妙的推理不是又站不住腳了嗎？如果平克頓小姐說的不對，就不可能被人殺死。所以我才要你準確地重複一遍她說的話，結果發現她一次也沒說過『男人』這個字眼。於是我覺得我猜的一定沒錯，決定接受溫弗利小姐的邀請去住幾天，這樣才能查出事情的真相。」

「可是你居然一個字都沒告訴我。」陸加生氣地說，「親愛的，你一直那麼確定，而我卻一點把握都沒有！我只是模糊地懷疑有這種可能。不過我從未想到會碰上任何危險，以為時間還多得是。」

她打了個冷顫後說：「噢，陸加，太可怕了！她的眼睛……還有那種可怕、文雅、一點都不像人的冷酷笑聲！」

陸加也輕輕顫抖著說：「我永遠忘不了我及時趕到的那一幕！」

接著他又轉身問巴鬥：「她現在怎麼樣了？」

「已經完全瘋了，」巴鬥說，「你知道，那種人最後都是這樣，他們無法接受自己並沒有想像中那麼聰明的事實。」

陸加悔恨地說：「唉，我實在算不上一個好警探！我從來沒有懷疑過荷諾亞．溫弗利。巴門，還是你行。」

「也許是，也許不是。你還記得吧，我說過，在犯罪學上沒有什麼不可能的事。我還提到過一位老小姐。」

「你還提到過大主教和女學生！你真的認為這些人都可能犯罪？」

巴門笑得牙齒都露出來了。

「我的意思是，任何人都可能犯罪，先生。」

「除了戈登以外，」布莉姬說，「陸加，走，我們找他去。」

費菲德勳爵正在書房忙碌地做筆記。

布莉姬小聲溫柔地說：「戈登，我們的事你全都知道了，能不能原諒我們？」

費菲德勳爵寬容地看著她說：「當然，親愛的，當然。我了解事實真相，我是個大忙人，所以對你照顧不周，事實就像作家吉卜林的名言：『走在前面的人最孤獨。』我的人生道路是條孤單的旅程。」他挺挺胸膛，又說：「我肩負著很大的責任，必須一個人承擔起來。對我來說，沒有人能陪伴我或者減輕我的負擔，我必須單獨走完人生的歷程，直到我倒斃在路旁為止。」

布莉姬說：「親愛的戈登！你真是太可愛了！」

費菲德勳爵皺皺眉頭說：「這不是可不可愛的問題，我們不要再談這些無聊的事，我太忙了。」

「我知道。」

「我正準備開始刊登一系列文章，研究不同時代的女人所犯下的罪。」

布莉姬用欽佩的目光凝視著他說：「戈登，這個想法真棒。」

費菲德勳爵嘆了口氣。

「所以請馬上離開，不要再打擾我，我還有很多事要做。」

陸加和布莉姬躡手躡腳地走出房間。

布莉姬說：「他的確很可愛！」

「布莉姬，我相信你以前是真的很喜歡他。」

「是的，陸加，我相信是的。」

陸加看看窗外。

「我真高興就要離開亞許威奇伍了，我不喜歡這地方。正如亨伯比太太所說，這裡邪惡的事太多了。我也不喜歡亞許山脊的陰影籠罩著這個村子。」

「說到亞許山脊，愛渥西怎麼樣了？」

陸加有點不好意思地笑著說：「你是說他手上的血是怎麼來的？」

「是的。」

「很顯然他們又殺了一隻白公雞當作牲禮。」

「真令人噁心！」

「我想我們那位愛渥西先生恐怕會碰上一些不愉快的事。巴門正準備給他一點小意外。」

布莉姬說：「可憐的霍頓少校從來沒想過要殺害自己的妻子，艾博特先生大概也只是接到一位小姐的和解信，還有托馬斯醫生只是個謙遜的好年輕人。」

「他是個超級笨蛋。」

「你這麼說，是因為嫉妒他要娶羅絲．亨伯比為妻。」

「他不配娶這麼好的女孩。」

「我一直覺得比起我來，你更喜歡她。」

「親愛的，你這話不是太好笑了嗎？」

「不，不見得。」她沉默了一會兒，然後說：「陸加，你現在喜歡我了嗎？」

他朝她靠近了些，她卻把他推開。

「我是說『喜歡』，陸加，而不是『愛』。」

「哦，我懂了。是的，我喜歡你，布莉姬，也愛你。」

布莉姬說：「我也喜歡你，陸加。」

他們彼此有點不好意思地笑笑，就像剛在舞會上建立起友誼的孩子一樣。

布莉姬說：「『喜歡』比『愛』更重要，因為它能持久，我希望我們之間的感情也能持久，陸加。我不希望我們因愛而結合之後，又彼此厭倦起來，想和別人結婚。」

「哦，我親愛的愛人，我懂了。你要的是真實感，我也一樣。我們的感情一定會持久的，因為它是建立在真實的基礎之上。」

「真的，陸加？」

「是真的，親愛的。我想這正是我擔心愛上你的原因。」

「我以前也擔心會愛上你。」

「現在還擔心嗎？」

「不會了。」

陸加說：「有一段時間，我們曾經與死神打交道，如今一切都過去了！從現在起，我們要好好地享受人生！」

專文推薦

藏在日常細節中的冒險

楊照（作家）

一開始，就都在那裡了。

一九二〇年，阿嘉莎．克莉絲蒂出版了《史岱爾莊謀殺案》，神探白羅就已經退休了。而且在這個案子裡，藉由敘述者海斯汀的轉述，就鋪陳出克莉絲蒂小說最基本的偵探原則：

「那些看來或許無關緊要的小細節……它們才是重要的關鍵，它們才是偉大的線索！」

「豐富的想像力就像洪水一樣，既能載舟亦能覆舟，而且，最簡單直接的解釋，往往就是最可能的答案。」

「沒有任何謀殺行為是沒有動機的。」

還有，一個不討人喜歡的死者，一群各有理由不喜歡死者、因而也就都有殺人動機的人，這些人彼此之間構成複雜的關係，有的互相仇視，有的互相愛戀，麻煩的是，有些愛人其實貌合神離，有些仇人其實私下愛慕；更麻煩的是，不論是愛或是仇，都有可能是扮演出來的。

一個外來的偵探必須周旋在這些嫌疑者之間，從他們口中獲取對於案情的了解，換句話說，他必須在很短的時間內，搞清楚誰是誰、誰跟誰吵架、誰跟誰偷情，然後判斷誰說的哪一句是實話、哪一句是謊言。常常謊言比實話對於破案更有幫助。

再偷偷透露一下，如果要和小說裡的凶手及小說背後的作者鬥智，就像克莉絲蒂對英國社會的了解，祕訣就在於要去追究小說裡的人物背景，尤其是他們的階級地位。基本上，階級地位愈高、權力愈大、愈有錢者，說的話就愈不要相信。例如在《史岱爾莊謀殺案》中，僕人、園丁說的話遠比有頭有臉的人說的要可信多了。就算要說謊，他們的謊言也比較天真，而且往往出於善良動機。當你歸納線索時，就會知道他們並非故意說謊，那是因為他們的認知受到蒙蔽或誤導，而你慢慢就從這蒙蔽或誤導中被引導到真相。

《史岱爾莊謀殺案》出版那年，克莉絲蒂三十歲，但書稿其實早在五年前就寫好了，畢竟要找到有人願意出版一個看來再平凡不過的家庭主婦寫的小說，並不是那麼容易。

所有和克莉絲蒂接觸過的人，都對於她的「正常」留下深刻印象。她看起來就和她那個年紀的典型英國家庭主婦一樣，害羞、靦腆，只能在社交場合勉強跟人聊些瑣事話題，完全無法演講，甚至連只是站起來對眾賓客說幾句客套話，請大家一起舉杯，她都做不到。她不演講，也很少答應接受採訪，就算採訪到她也很難從她口中得到有趣的內容。她會講的，幾乎都是記者本來就知道、或者自己就可以想得出來的。

例如說白羅這個神探的來歷。克莉絲蒂回答：他應該是個外國人，這樣就能在英國日常生活中看出英國人自己看不出的線索。她自己碰過的外國人，只有第一次大戰剛爆發時到英國避難的比利時人。比利時警察怎麼能跑到英國來？那一定是因為他已經退休了。他有潔癖，所以對於現場會有特殊的直覺，馬上感受到不對勁的地方。一個有潔癖的人，好像應該長得矮小些才相稱，一個矮小有潔癖的人最適當的名字，就是希臘神話裡的大力士「赫丘勒斯（Hercules）」，製造出荒唐的對比趣味。那白羅這個姓是怎麼來的呢？克莉絲蒂很誠實地說：「我不記得了。」

一切都如此順理成章，一切都如此合邏輯，不是嗎？有記者問她怎麼看自己的舞台劇〈捕鼠器〉，創下了英國劇場、甚至全世界劇場連演最多場紀錄的名劇？克莉絲蒂的回答也還是中規中矩，合理合節：那是一齣小戲，在一個小劇院演出，成本很低，任何人想到了都可以帶家人或朋友去看，老少咸宜，並不恐怖，也不特別荒謬打鬧，可是又什麼都有一點，包括恐怖和荒謬打鬧的成分。

她的身上找不出一點傳奇、怪誕色彩，那她為什麼能在五十年間持續寫偵探小說，創造了那麼多謀殺，還創造了那麼多詭計？

首先因為她是女性，以及她的身世，包括她的階級身分，使得她在描寫故事場景時比一般男性作者來得敏感。因為在她之前的偵探推理小說男性作家的階級身分都是高高在上，基本上他們會從較高的角度看社會，比較看不到底層的感受。

而她的婚變以及婚變中遭逢的痛苦，都使她更能體會與觀察，將英國社會的複雜細節融入小說的核心情節，讓探案與線索分析結合在一起。

克莉絲蒂一生結過兩次婚，第一次在一九一四年，婚後不久，丈夫就參加了歐戰，是英國皇家空軍最早一批飛行員。一九二六年，這個丈夫有了外遇，直率地向克莉絲蒂要求離婚，在那之前，克莉絲蒂的媽媽才剛過世，雙重打擊之下，又遇到車子無法發動，克莉絲蒂崩潰了，她棄車而走，忘記了自己究竟是誰，躲進一家鄉間旅館，登記時寫了她心裡唯一有印象的名字——她丈夫情婦的名字。

離婚後，一次在晚宴中，有人提起近東烏爾考古的最新收穫，克莉絲蒂就取消了原定要去西印度群島的計畫，改訂了跨越歐洲到君士坦丁堡的「東方快車」，是的，就是這趟旅程給了她寫《東方快車謀殺案》的靈感。不過更重要的是，在烏爾，她認識了一位年輕的考古學家，比她小十四歲，這個人後來成了她的第二任丈夫。

這位考古學家陪她去參觀在沙漠中的烏克海迪爾城，卻在沙漠中迷路困陷了。幾小時中克莉絲蒂卻沒有一點驚慌不安，當下考古學家就決定要向她求婚。

原來，克莉絲蒂的內心是有這種冒險成分的。要不然她不會兩次選到的，都是喜愛冒險的丈夫，而她本身大概也不會吸引一個在各種危險情境下挖掘古代寶藏的人，讓他願意向一個大他十四歲的女人求婚。

這樣說吧，維多利亞時代後期的英國環境，壓抑限制了克莉絲蒂冒險、追求傳奇的內在衝動，她只好將這樣的衝動寄託在丈夫和寫作上。她一邊陪著第二任丈夫在近東漫走，一邊在小說中寫各式各樣的謀殺與探案。謀殺和探案都是冒險，還有，偵探偵查中做的事——蒐集線索，還原命案過程——其實和考古學家的考掘，如此相似！

克莉絲蒂寫得最好的，正是「藏在日常中的冒險」。她個性中的雙面成分，造就了特殊的偵探魅力。既嚮往非常傳奇，卻又有根深柢固的日常邏輯信念，兩者都在克莉絲蒂的小說中扮演了重要角色。她的謀殺案幾乎都和日常習慣緊密編織在一起，日常環境成了凶手最重要的掩護。有些日常規律明顯地被破壞了，讓我們很自然以為那會是謀殺的線索，沿著這些線索形成了閱讀中的推理猜測，然而白羅早就提醒了，真正重要的反而是那些「細節」，也就是看來像是依隨日常邏輯進行的事，或說藏在日常邏輯中因而不被看重的事，那裡要嘛藏著凶手的核心詭計、煙幕，要嘛藏著凶手致命的破綻。

凶案的構想，就是如何讓異常蓋上日常、正常的面貌，又如何故意將日常、正常予以扭曲，製造假象；那麼偵探要做的，就是如何準確地在日常中分辨出真正的異常，將假的、明顯的異常撥開來，找出細節堆疊起來的異常真相。

此外，克莉絲蒂的小說裡隱藏著極其曖昧的情感價值觀，最典型、最有名的就是《東方快車謀殺案》。透過追查過程，讓讀者知道為什麼凶手要訴諸於這種手段，其動機具有可同情之處，再加上克莉絲蒂對身分階級的觀察，她比較相信或讓讀者相信那些沒有權力、地位的人，隨著偵查節奏去認識可能或必須懷疑的人。克莉絲蒂最擅長營造「多重嫌疑犯」的小說特質，因為讀者在閱讀時必須被迫去認識很多不一樣的人。在她最受歡迎的作品，大概都具備這樣的特質。

當然，她的作品中還有兩個最突出的神探，即白羅和瑪波。白羅是比利時人，但為什麼必須是外國人？這是因為英國人具有高度階級意識，這種觀念一路滲透到所有互動細節，包括人與人之間如何說話。而白羅因為不是英國人，他會發現一般英國人不太看得出來的東西，以及兩個人互動的方法哪裡不正常。至於瑪波為什麼得是老太太？她一如那個年代的老人家，總是靜靜坐著打毛線，因為不起眼，自然讓人放鬆防備，所以瑪波探案的線索都是來自於這樣的互動模式。

然而，白羅有很明顯的優勢，瑪波的身分使她基本上只能進行「靜態」的辦案，案子的空間受到侷限，白羅卻可以跨越各種空間，恣意揮灑。而且白羅擁有警官身分，可以合理出現在各種犯罪現場，瑪波能出現的地方，相形之下就勉強、不自然多了。白羅是明白的outsider，在英國，只要他出現，就會覺得有外人在而感到緊張，於是很容易露出平常不會表現的行為；瑪波則看起來是 insider，但實質上是 outsider，因為總是沒人發現她、當她空氣人。這兩人的探案，是兩個極端。雖然讀者最愛白羅，但克莉絲蒂自己偏愛瑪波勝於白羅。

不管後來的偵探、推理小說發展了多少巧妙詭計，克莉絲蒂卻不會過時，因為她的推理如此密切地和日常纏繞在一起；活在日常中，我們就無可避免被克莉絲蒂的「日常細節推理」吸引，隨時讀來都充滿驚奇趣味。

名家盛讚克莉絲蒂（依推薦時間排序）

金庸（作家）

克莉絲蒂的寫作功力一流，內容寫實，邏輯性順暢，也很會運用語言的趣味。閱讀她的小說，在謎底沒有揭露之前，我會與作者鬥智，這種過程非常令人享受。其作品的高明之處在於：布局的巧妙完全意想不到，而謎底揭穿時又十分合理，讓人不得不信服。

詹宏志（作家、PChome 網路家庭董事長）

推理小說在從先輩柯南．道爾等人的發明中出現力量時，誕生了一位《天方夜譚》故事中每天說故事說個不停的王妃薛斐拉．柴德，也就是「謀殺天后」克莉絲蒂，整個世界對聽這些故事才有如此的熱情。他們捨不得睡覺，每天問後來還有嗎、還有嗎，永遠不肯離去，這就是克莉絲蒂對推理小說的最大貢獻。

可樂王（藝術家）

所謂「克莉絲蒂式」的推理小說，就是一場和一個天才的寫作者或高明的恐怖份子在紙上捕掠捉殺的戰事。即便是一列火車、一處飯店或一間酒吧，在克莉絲蒂寫來皆充滿神祕和猜謎。在人生適合的下午裡，我總是一面嚼著口香糖，一面跟著矮子偵探白羅穿梭謀殺現場，克莉絲蒂的推理作品無疑是推理世界中最充滿「魔術性」的小說。

吳若權（作家、節目主持人）

我從小就對推理小說情有獨鍾，克莉絲蒂一系列的作品尤其令我愛不釋手。多年來，閱讀推理小說的經驗讓我覺悟：讀者在文字情節中推展開來的驚嘆，不只是因緣於故事的本身，而是自我性格的投射。從這個觀點來看克莉絲蒂一系列的作品，她簡直就是洞徹人性的算命師。而讀者，在她的文字中，發現了自己無可奉告的命運。

藍祖蔚（國家電影及視聽文化中心董事長）

做過藥劑師，難免懂得毒藥；嫁給考古學家，難免也就嫻熟文明的神祕；再加上曾經失蹤九天，一切不復記憶的離奇經驗，的確提供了寫作靈感，但若少了想像力，那些片羽靈光縱使辛辣如辣椒，卻不足以成菜。

推理小說重布局、重人物描寫，克莉絲蒂最厲害的卻是犀利的人性觀察，她一手創造的白羅探長，潔癖個性完全和她相反，更將她所憎厭的人格特質集於一身，殊不知，唯有不對著鏡子寫作，才能夠跳出框架與制式反應，開闢無限寬廣的新世界，建構多面向的詭異迷宮。

看完她的小說，你只會更加訝異，到底是什麼樣的心靈才能成就這般視野？

李家同（作家、前暨南大學校長）

克莉絲蒂的整體布局十分細膩，最後案情也都講解得非常詳細，回頭去看，在書中都找得到線索。故事的情節與內容也很好看，不是像一個流氓在街上被殺掉那麼單調。……看小說應該要花腦筋、要思考，從小就要養成思辨的能力，看她的小說，就是對邏輯思考能力極佳的訓練。

袁瓊瓊（作家）

雖然被公認是冷靜理性的謀殺天后，但是在理性之下，克莉絲蒂的底色依舊是感情。克莉絲蒂很明白，所有的慾望之後，都無非是某種愛情。在以性命相搏的犯罪世界裡，凶手以終結他人的性命來遂私欲，不過是為了成全自己的愛，或者是成全自己的恨。

鄧惠文（精神科醫師）

以推理小說作家而言，克莉絲蒂的風格相當獨樹一格。她的偵探在辦案時，靠的不光是科學證據的搜集，而是大量運用犯罪心理學，及對人性的深刻了解。例如在《五隻小豬之歌》中，白羅便是藉由聽取嫌疑犯訴說案情時所不自覺顯露的主觀意識及中心思想，而看出其中破綻，找出真凶。白羅是靠腦袋辦案，以心理層面去剖析案情，即使人們敘述的是同一件事，他可以聽出不同角色因出發點及看待角度不同所透露的情緒觀感，從而抽絲剝繭，還原事實真相。

克莉絲蒂所塑造的人物也生動且各具特色，不同個性所出現的情緒反應描寫，皆細膩而準確，讓讀者產生豐富的想像空間，一展卷便欲罷而不能。

吳曉樂（作家）

克莉絲蒂使用的語言平易近人，主要是以角色與情節的對應來斧鑿出故事的深度，堆疊出讓讀者回味的迂迴空間。而她筆下的角色往往性別、階級、性格、族群各異，塑造出多元又豐富的人物群像。

文學作品不問類型，若要流傳於世，最終仍得上溯至「人性」的理解與反思。而阿嘉莎・克莉絲蒂的作品中，我們可以看到人類屢屢得和自己的人生討價還價，或千方百計讓主觀意識與客觀條件達成某種程度的整合，讀者在重建人物的心理軌跡時，也見識到自身的是非成敗，我認為，這也是克莉絲蒂的作品能夠璀璨經年、暢銷不衰的主因。

許皓宜（心理學作家）

克莉絲蒂筆下的故事看似在談人性的醜惡，實則像一位披著小說家靈魂的心靈引導者，用她的文字訴說著人們得不到「愛」時的痛苦。於是在故事終了的剎那，你不得不對人生多了幾分「看透感」：原來，我們心裡的那些痛苦、報復與自我折磨的慾望，不是因為「憤恨」，而是起於對「愛的失落」。這或許是我們在情感世界中最珍貴且深刻的一種覺察了。

推理小說荒謬驚悚嗎？不，它其實很寫實。它幫我們說出心裡的苦、怨、醜陋的慾望，於是，我們可以重新學習愛了。

一頁華爾滋 Kristin（影評人）

從有記憶以來，閱讀克莉絲蒂最迷人之處往往不在真正的凶手是誰，而是在於「Why」（為什麼）與「How」（如何進行），在於人性與心理描摹的故事肌理。依循其書寫脈絡，會發覺不只是邏輯清晰、布局縝密、著重細節，她總能完美掌握敘事節奏，書中人物彷彿真實存在般鮮明躍然紙上，讀者情緒會隨精準文字保持流轉、跳動、收放，掩卷時並無太多真相水落石出的暢快，反倒淡淡的惆悵化為餘韻襲上心頭，原來還是種種意料之外，卻屬情理之中的人性盲目使然。私以為，那成就了克莉絲蒂的推理故事之所以無比迷人的主因之一。

冬陽（推理評論人）

雖然阿嘉莎．克莉絲蒂的作品並非我的推理閱讀啟蒙，卻是養成閱讀不輟的重要推手。首先，她無庸置疑是個說故事能手，打開我名為好奇的開關；其次是設計犯罪事件的巧妙多元，既日常又異常，凶手更是叫人意想不到。沒錯，我相信每個當讀者的都忍不住想破案，想早偵探一步識破詭計，或者像考試結束鈴響前一秒，瞎猜都要指著某個角色大喊「你就是犯人」！然後會忍不住作弊——不是翻到最後幾頁窺探真凶身分，而是往前翻查讓人起疑的段落、偵探顯然掌握重要線索的時刻，直到忍不住豎白旗投降，看神探（我知道啦，真正把我耍得團團轉的聰明人是作者）頭頭是道地分析我遺漏錯置的片片拼圖，終於看清真相全貌。這，就是偵探推理，我因此熟悉遊戲規則、沉醉在每一場迷人故事裡，成為這個類型書寫的俘虜，享受至今不疲的美好滋味。

石芳瑜（作家、永樂座書店店主）

布局細膩、處處留下線索，破案解說詳細，說明了這位安靜、害羞的推理小說女王心思縝密，且充滿想像力。密室殺人，完美犯罪，《東方快車謀殺案》不愧為古典推理小說的經典。再加上神祕的東方色彩，隨著火車抵達的迫切時間感，連非推理小說迷都會神經拉緊，讀完大呼過癮。

家庭主婦缺少人生經驗？處女座的阿嘉莎．克莉絲蒂充分展現她過人的寫作天分，靠得是從小開始的閱讀，以及對偵探小說的著迷。三十歲寫下第一本偵探小說《史岱爾莊謀殺案》的克莉絲蒂，在那個時代並不能說是「早慧」，但寫作生涯五十五年中，共創作了八十部偵探小說，卻令人難以企及。這位害羞靦腆的小說女神，大概是相信只要有足夠的理由，每個人都有殺人的可能！

余小芳（暨南大學推理研究社指導老師、台灣推理作家協會常務理事）

學生時代加入推理社團，社課指定讀物便是經典作品《一個都不留》，成為我對克莉絲蒂的初步印象，自此沉浸於推理小說的世界。隔年寒假陪同學參與轉學考，在斜風細雨的走廊中，滿足讀完《東方快車謀殺案》。隨著歲月遠走，已昇華成趣味回憶。

踏入推理文學領域需要認識的作家，阿嘉莎．克莉絲蒂絕對名列其中，她的作品常有英國小鎮風光、莊園式的謀殺、設備豪華的交通工具等，還有特色鮮明的偵探活躍其中。書中少有血腥、暴力的橋段，布局巧妙且結構嚴密，手法純粹、知性，故事內容與人物性格融為一體，以高超的想像力結合說好故事的能耐，為推理小說開創新局面。克莉絲蒂推理全集重編改版，值得新舊讀者一起探索。

林怡辰（國小教師、教育部閱讀推手）

多年後，還是難忘第一次閱讀阿嘉莎・克莉絲蒂作品的感動和激動。

這套將近一世紀的作品，文筆流暢，邏輯縝密，過程中不斷與作者較量、猜出凶手，直到最後解答不禁佩服，蛛絲馬跡處處展現作者的精妙手法，於是又拿起另一部作品，再次沉溺在謀殺天后所編織的日常世界中的奇幻，無可自拔。犯罪動機和手法穿越時空限制，如今讀來合理且依舊令人感動，閱讀中趣味橫生，難怪成為後來諸多偵探小說的原型。

克莉絲蒂創作生涯中產出的八十部推理作品，至今多部躍上大銀幕，無怪乎被稱之為「經典」，喜愛推理偵探作品的人不可不讀，你會驚異於她在文字中施展的魔法！

張東君（推理評論家、科普作家）

我愛克莉絲蒂！這位在台灣有時會被稱為克奶奶的超級暢銷推理小說家，即使是自認沒讀過她的書的人，也都會在各種書籍或影視作品中看到對她致敬的片段。由於她喜歡旅行和冒險，那些經驗與體驗都成為書中的場景，因此閱讀她的作品時，不只是雀躍地跟著偵探推理，也有了虛擬的旅行體驗。或者當成旅遊導覽書，在出發去尼羅河、去英國鄉間、去搭船搭火車時，就塞一本克奶奶的作品到隨身背包中。

我還是大學新生時，就聽學姐說她哥哥經常看克奶奶的小說，而且邊看邊狂笑。於是我跟著效仿，在某次搭飛機之前買了第一本小說當旅伴，不只看得超開心，看完後還到處找尋書中出現的那種有兜帽的斗篷，當成出門時的必備用品。克奶奶的作品是跨越文字、國界的。只要看過一本，就會不停地追下去。還好，真的是還好只有八十本。何況這次是全新校訂的紀念珍藏版，當然不能錯過！

發光小魚（呂湘瑜）（文史作家、助理教授）

一部好的偵探小說，除了情節設計巧妙之外，還需要洞悉人性，如此方能合理地交代人物的言行舉止與動機。阿嘉莎．克莉絲蒂便是其中翹楚，她的作品不管是偵探、愛情小說或戲劇，必要元素都是謎題與人性。在寧靜無波的場景下暗潮洶湧，永遠都有意料之外，讀者的情緒也會隨著劇情的進行起伏糾結。克莉絲蒂觀察到時代的變化，將犯罪心理融入作品中，於是，看她的小說不只能得到解謎的快樂，同時對人性也能夠有所省思。

此外，克莉絲蒂豐富的人生歷練及旅行經歷，例如一九二二年的環球之旅、居住過也旅行過的巴黎和埃及，甚至是追隨考古學家丈夫前往的中東，都讓她的小說讀來更加充滿異國情調。如果你也愛旅行，不如就讓我們一同搭上那一班南法的藍色列車，或由伊斯坦堡出發的東方快車，跟著白羅鑽進一樁奇案，一嘗旅程中破解謎題的快感吧。

盧郁佳（作家）

國小時，家裡買了一套阿嘉莎．克莉絲蒂全集，從此成了我的毒品，在白癡課本將我的腦袋啃嚙成海綿般空洞時，撫慰受創的心靈，那時我仍對人心險惡一無所知。

數學課教你列算式，樂趣遠不如克莉絲蒂教你住宅平面圖、偷換時序的密室魔術，你從庭園長窗進房間，我從房門直通鄰房，他從走廊進房……從而學會故事是建構邏輯。她文風多變，時而《四大天王》中讓神探白羅向助手海斯汀大賣關子，眉頭緊皺，山雨欲來，預示天翻地覆，只能靠他拯救世界；時而用維吉尼亞．吳爾芙《自己的房間》中俏皮的語言，讓貧苦村姑安妮在《褐衣男子》中回憶南非出生入死的冒險，竟源於她耽讀村裡圖書館爛舊的冒險愛情小說，還有戲院每週末放映〈帕米拉歷險記〉，帕米拉每集從飛機跳落高空、搭潛艇、爬上摩天大樓，每次被黑幫老大抓到總不一刀斃命，卻老要用瓦斯毒死她，暗示續集又會逃出生天。

長大才發現，克莉絲蒂小說就是我的〈帕米拉歷險記〉：它以歌劇般輝煌龐大的天真陰謀、精細的人際觀察（一句話重音放在哪個字、從膝蓋鑑定女人的年齡等），召喚年輕讀者抱持浪漫精神投入未知的壯遊，瘋魔、衝撞、冒犯，傷痕累累毫無懼色。正如瓦斯在冒險片中太多、現實中卻太少；陰謀在現實中沒有克莉絲蒂寫得那麼複雜，但她刻畫的心理卻是現實中解謎的試金石。

賴以威（臺灣師範大學電機系副教授）

或許可以為經典下幾個定義：該領域的愛好者更都讀過；不是這個領域的愛好者，許多人也都聽過；影響後續的作品，在很多著作中都可以看到它的影子；值得反覆再三閱讀，每隔一陣子再讀都可以獲得閱讀的樂趣，有更多的體悟。我永遠記得第一次讀《東方快車謀殺案》時，被那宛如嚴謹設計數學謎題的鋪陳、推進給深深吸引、震撼。從這幾個角度來說，克莉絲蒂的推理小說被稱之為「經典」，可說是當之無愧。

謝哲青（作家、旅行家、知名節目主持人）

克莉絲蒂小說的魅力在於透過每個角色的對白，藉由不斷的說話來表現人物的個性，以彰顯其人格特質中一些無法被忽略的事實。我們從他們的言語、講話的過程和字裡行間，竟然就能知道誰是兇手。

我從克莉絲蒂的小說學到很多，除了推理小說有趣的事實之外，最重要的是，我在工作的職場跟人應對的時候，如何從語言和對話裡去捕捉某些隱而不顯的事實。許多人們欲蓋彌彰的東西，無論心事也好、祕密也好，克莉絲蒂都會用文學的手法，讓你理解語言的奧妙和魅力。

克莉絲蒂的書寫會讓你覺得彷彿自己也在現場，你可以從聽到的對話當中，學會如何理解人心的一些小技巧，這是小說家最出色、最偉大的地方。我們必須學習傾聽別人說話——這些人講話是真誠的嗎？他想要跟你分享什麼資訊？這些資訊可靠嗎？——這是我在閱讀推理小說時，最大的收穫和理解。

阿嘉莎・克莉絲蒂大事記

1890		• 九月十五日出生於英格蘭德文郡托基鎮。
1894	4 歲	• 開始在家自學，父母親、姐姐教導閱讀、寫作、算術和彈鋼琴。
1895	5 歲	• 家中經濟走下坡，舉家搬至法國，學會流利的法語。
1905	15 歲	• 在巴黎寄宿學校學鋼琴和聲樂，但生性極度害羞，未成為職業鋼琴家，最終回到英國。
1907	17 歲	• 陪同母親前往埃及調養身體，對社交活動充滿興趣，但尚未對日後感興趣的埃及古物點燃熱情。 • 回英國後繼續寫作、參與業餘戲劇表演。
1908	18 歲	• 寫出第一篇短篇小說〈麗人之屋〉，同時也寫出第一部愛情小說《白雪黃漠》，以筆名向出版社投稿，但屢遭退稿。
1912	22 歲	• 與英國皇家軍官亞契・克莉絲蒂（Archibald Christie）熱戀。 • 八月爆發第一次世界大戰，亞契奉派到法國作戰。
1914	24 歲	• 耶誕夜結婚，亞契隨即返回戰場。克莉絲蒂參與紅十字會工作，在醫院擔任護士和藥劑師，因此對藥理和毒物非常熟悉，造就後來多部推理小說情節都以毒藥殺人。
1916	26 歲	• 開始嘗試寫推理小說，寫出第一部小說《史岱爾莊謀殺案》，主角偵探赫丘勒・白羅的靈感，來自於大戰期間英國鄉間的比利時難民營。本書歷經數家出版社退稿後，終獲柏德雷・海德（The Bodley Head）圖書公司的出版機會，之後並簽下另五本小說的合約。
1919	29 歲	• 前一年亞契返回英國，八月生下女兒露莎琳。

1920　30歲　• 出版《史岱爾莊謀殺案》。

1922　32歲　• 出版第二部小説《隱身魔鬼》，主角是夫妻檔偵探湯米和陶品絲。
• 與亞契至南非、澳洲、紐西蘭、夏威夷和加拿大等國旅行十個月，在南非得到《褐衣男子》的靈感。

1923　33歲　• 三月出版第三部小説《高爾夫球場命案》，白羅再度登場。

1926　36歲　• 四月母親過世，克莉絲蒂陷入憂鬱。
• 六月在「威廉・柯林斯父子出版社」出版《羅傑艾克洛命案》。
• 八月亞契因外遇提出離婚，十二月初一次爭吵後，克莉絲蒂離家棄車失蹤，消息登上全國新聞。

1927　37歲　• 一月在悲痛心情中寫出《藍色列車之謎》，第一次創造出聖瑪莉米德村，即後來瑪波小姐居住的村子。
• 分居期間在雜誌刊登以白羅為主角的短篇小説，後來集結出版《四大天王》。
• 十二月在雜誌刊登短篇小説〈週二夜間俱樂部〉，瑪波小姐初登場，後來收錄在一九三二年出版的短篇小説集《十三個難題》。

1928　38歲　• 十月正式離婚，仍保留「克莉絲蒂」姓氏。
• 秋天搭乘「東方快車」前往土耳其的伊斯坦堡，再轉往伊拉克首都巴格達，參觀考古現場烏爾，認識考古學家伍利夫婦（Leonard and Katharine Woolley）。

1930　40歲　• 二月應伍利夫婦之邀再訪烏爾，認識考古學家麥克斯・馬龍（Max Mallowan），九月於英國愛丁堡結婚。這段婚姻開啟克莉絲蒂旺盛的創作生涯，兩人到中東考古現場的旅行為許多作品帶來靈感。

		• 婚後克莉絲蒂開始維持固定的寫作行程。十月出版《牧師公館謀殺案》，是第一部以瑪波小姐為主角的小說。 • 出版第一部以「瑪麗．魏斯麥珂特」（Mary Westmacott）為筆名的《撒旦的情歌》，並陸續發表了五部非犯罪小說。
1932	42歲	• 出版《危機四伏》。
1934	44歲	• 出版《東方快車謀殺案》，是白羅海外辦案三部曲之一，故事靈感來自中東的旅行經歷。一九七四年第一次改編成電影大獲好評。
1936	46歲	• 出版《美索不達米亞驚魂》，白羅海外辦案三部曲之二。
1937	47歲	• 出版《尼羅河謀殺案》，白羅海外辦案三部曲之三，故事背景是年輕時與母親同遊的埃及。一九七八年第一次改編成電影大受歡迎。
1939	49歲	• 二次大戰期間，克莉絲蒂在大學學院醫院擔任義務藥師，學習到最新的毒藥知識，對於推理小說寫作大有助益。 • 出版《一個都不留》，是克莉絲蒂最著名作品之一。
1941	51歲	• 出版《密碼》，呈現出克莉絲蒂對戰爭的看法。 • 出版《豔陽下的謀殺案》。
1942	52歲	• 出版《藏書室的陌生人》、《五隻小豬之歌》等名作。
1944	54歲	• 以「瑪麗．魏斯麥珂特」為筆名出版第三部作品《幸福假面》，被美國書評人發現是克莉絲蒂的作品，讓她從此失去匿名創作的自在樂趣。

1950　60 歲　• 獲選為皇家文學學會的會員。

1953　63 歲　• 出版《葬禮變奏曲》。

1956　66 歲　• 一月獲頒大英帝國爵級大十字勳章（GBE）。
• 十一月以「瑪麗．魏斯麥珂特」為筆名出版《愛的重量》，是這個筆名的最後一部作品。

1958　68 歲　• 成為「偵探作家俱樂部」主席。

1960　70 歲　• 馬龍獲頒大英帝國爵級大十字勳章。

1961　71 歲　• 獲得艾克塞特大學頒發榮譽文學博士學位。

1968　78 歲　• 馬龍獲封為爵士，克莉絲蒂亦被稱為馬龍爵士夫人。

1971　81 歲　• 獲頒大英帝國爵級司令勳章（DBE），獲封為女爵士。

1973　83 歲　• 出版最後一部創作《死亡暗道》，亦為湯米和陶品絲最後一次辦案。

1974　84 歲　• 最後一次公開露面，出席電影《東方快車謀殺案》首映會。

1975　85 歲　• 八月六日，白羅成為有史以來第一次在《紐約時報》頭版刊出訃聞的小說主角，宣傳九月即將出版的《謝幕》，這也是白羅最後一次辦案。

1976　86 歲　• 一月十二日去世。
• 十月出版《死亡不長眠》，瑪波小姐的最後一次辦案。

克莉絲蒂推理原著出版年表

1920　史岱爾莊謀殺案 The Mysterious Affair at Styles（神探白羅系列）
1922　隱身魔鬼 The Secret Adversary（神探湯米＆陶品絲系列）
1923　高爾夫球場命案 The Murder on the Links（神探白羅系列）
1924　白羅出擊 Poirot Investigates（神探白羅系列）
1924　褐衣男子 The Man in the Brown Suit（神探雷斯上校系列）
1925　煙囪的祕密 The Secret of Chimneys（神探巴鬥主任系列）
1926　羅傑艾克洛命案 The Murder of Roger Ackroyd（神探白羅系列）
1927　四大天王 The Big Four（神探白羅系列）
1928　藍色列車之謎 The Mystery of the Blue Train（神探白羅系列）
1929　七鐘面 The Seven Dials Mystery（神探巴鬥主任系列）
1929　鴛鴦神探 Partners in Crime（神探湯米＆陶品絲系列）
1930　牧師公館謀殺案 The Murder at the Vicarage（神探瑪波系列）
1930　謎樣的鬼豔先生 The Mysterious Mr. Quin（神探鬼豔先生系列）
1931　西塔佛祕案 The Sittaford Mystery
1932　十三個難題 The Thirteen Problems（神探瑪波系列）
1932　危機四伏 Peril at End House（神探白羅系列）
1933　十三人的晚宴 Lord Edgware Dies（神探白羅系列）
1933　死亡之犬 The Hound of Death
1934　三幕悲劇 Three Act Tragedy（神探白羅系列）
1934　李斯特岱奇案 The Listerdale Mystery
1934　帕克潘調查簿 Parker Pyne Investigates（神探帕克潘系列）
1934　東方快車謀殺案 Murder on the Orient Express（神探白羅系列）
1934　為什麼不找伊文斯？ Why Didn't They Ask Evans?
1935　謀殺在雲端 Death in the Clouds（神探白羅系列）
1936　ABC 謀殺案 The A.B.C. Murders（神探白羅系列）
1936　底牌 Cards on the Table（神探白羅系列）
1936　美索不達米亞驚魂 Murder in Mesopotamia（神探白羅系列）

1937 巴石立花園街謀殺案 Murder in the Mews（神探白羅系列）
1937 尼羅河謀殺案 Death on the Nile（神探白羅系列）
1937 死無對證 Dumb Witness（神探白羅系列）
1938 白羅的聖誕假期 Hercule Poirot's Christmas（神探白羅系列）
1938 死亡約會 Appointment with Death（神探白羅系列）
1939 一個都不留 And Then There Were None
1939 殺人不難 Murder Is Easy/Easy to Kill（神探巴鬥主任系列）
1940 一，二，縫好鞋釦 One, Two, Buckle My Shoe（神探白羅系列）
1940 絲柏的哀歌 Sad Cypress（神探白羅系列）
1941 密碼 N Or M?（神探湯米＆陶品絲系列）
1941 豔陽下的謀殺案 Evil Under the Sun（神探白羅系列）
1942 五隻小豬之歌 Five Little Pigs（神探白羅系列）
1942 藏書室的陌生人 The Body in the Library（神探瑪波系列）
1942 幕後黑手 The Moving Finger（神探瑪波系列）
1944 本末倒置 Towards Zero（神探巴鬥主任系列）
1945 死亡終有時 Death Comes as the End
1945 魂縈舊恨 Sparkling Cyanide（神探雷斯上校系列）
1946 池邊的幻影 The Hollow（神探白羅系列）
1947 赫丘勒的十二道任務 The Labours of Hercules（神探白羅系列）
1948 順水推舟 Taken at the Flood（神探白羅系列）
1949 畸屋 Crooked House
1950 謀殺啟事 A Murder Is Announced（神探瑪波系列）
1951 巴格達風雲 They Came to Baghdad
1952 殺手魔術 They Do It with Mirrors（神探瑪波系列）
1952 麥金堤太太之死 Mrs. McGinty's Dead（神探白羅系列）
1953 黑麥滿口袋 A Pocket Full of Rye（神探瑪波系列）
1953 葬禮變奏曲 After the Funeral（神探白羅系列）

1954　未知的旅途 Destination Unknown
1955　國際學舍謀殺案 Hickory, Dickory, Dock（神探白羅系列）
1956　弄假成真 Dead Man's Folly（神探白羅系列）
1957　殺人一瞬間 4:50 from Paddington（神探瑪波系列）
1958　無辜者的試煉 Ordeal by Innocence
1959　鴿群裡的貓 Cat Among the Pigeons（神探白羅系列）
1960　哪個聖誕布丁？ The Adventure of the Christmas Pudding（神探白羅系列）
1961　白馬酒館 The Pale Horse
1962　破鏡謀殺案 The Mirror Crack'd from Side to Side（神探瑪波系列）
1963　怪鐘 The Clocks（神探白羅系列）
1964　加勒比海疑雲 A Caribbean Mystery（神探瑪波系列）
1965　柏翠門旅館 At Bertram's Hotel（神探瑪波系列）
1966　第三個單身女郎 Third Girl（神探白羅系列）
1967　無盡的夜 Endless Night
1968　顫刺的預兆 By the Pricking of My Thumbs（神探湯米＆陶品絲系列）
1969　萬聖節派對 Hallowe'en Party（神探白羅系列）
1970　法蘭克福機場怪客 Passengers to Frankfurt
1971　復仇女神 Nemesis（神探瑪波系列）
1972　問大象去吧 Elephants Can Remember（神探白羅系列）
1973　死亡暗道 Postern of Fate（神探湯米＆陶品絲系列）
1974　白羅的初期探案 Poirot's Early Cases（神探白羅系列）
1975　謝幕 Curtain: Hercule Poirot's Last Case（神探白羅系列）
1976　死亡不長眠 Sleeping Murder（神探瑪波系列）
1979　瑪波小姐的完結篇 Miss Marple's Final Cases（神探瑪波系列）
1991　情牽波倫沙 Problem at Pollensa Bay
1997　殘光夜影 While the Light Lasts

國家圖書館出版品預行編目（CIP）資料

殺人不難 / 阿嘉莎・克莉絲蒂（Agatha Christie）著；樊志新譯. -- 二版.-- 臺北市：遠流出版事業股份有限公司, 2024.04
面； 公分. -- (克莉絲蒂繁體中文版20週年紀念珍藏；65)
譯自：Murder Is Easy
ISBN 978-626-361-536-6(平裝)

873.57 113001931

克莉絲蒂繁體中文版 20 週年紀念珍藏 65
殺人不難

作者 / 阿嘉莎・克莉絲蒂
譯者 / 樊志新

主編 / 陳懿文、余式恕　校對 / 呂佳眞
封面、內頁設計 / 謝佳穎　排版 / 連紫吟、曹任華
行銷企劃 / 舒意雯　出版一部總編輯暨總監 / 王明雪

發行人 / 王榮文
出版發行 / 遠流出版事業股份有限公司
地址 / 104005臺北市中山北路一段11號13樓
電話 / (02)2571-0297　傳眞 / (02)2571-0197　郵撥 / 0189456-1
著作權顧問 / 蕭雄淋律師

2003年11月1日 初版一刷
2024年4月1日 二版一刷
定價 / 新臺幣380元 (缺頁或破損的書，請寄回更換)

ISBN 978-626-361-536-6

遠流博識網 http://www.ylib.com E-mail: ylib@ylib.com
遠流粉絲團 https://www.facebook.com/ylibfans